Un voyage tumultueux

Françoise

CAULIER

Autobiographie

En application de l'art. L.137-2.-I. du code de la propriété intellectuelle, toute reproduction et/ou divulgation de parties de l'oeuvre dépassant le volume prévu par la loi est expressément interdite.

© Françoise Caulier

Relecture : Françoise Caulier
Correction : Françoise Caulier

Édition : BoD · Books on Demand, 31 avenue Saint-Rémy, 57600 Forbach, bod@bod.fr
Impression : Libri Plureos GmbH, Friedensallee 273, 22763 Hamburg (Allemagne)

ISBN : 978-2-3225-5331-0
Dépôt légal : janvier 2025

Née le 8/8/1958 à Amiens, Françoise Caulier s'intéresse depuis longtemps à la peinture, aux collages et à l'écriture. Après plusieurs voyages et une vie riche en rebondissements, elle décide de vous faire partager son chemin, ses aventures et ses expériences.

A Jean d'Ormesson qui avec son poème « Le train de ma vie » m'a inspirée pour le fil conducteur de ce récit

INTRODUCTION

Le long voyage ne se fera pas d'une traite car il n'existe pas de ligne directe ni une seule voie pour nous mener vers notre destinée. Il y a sur notre trajet des étapes obligatoires, de petites gares où le train ne fait que s'arrêter brièvement, des gares de transit qui nous permettent de réorienter notre route, de grandes gares sans lesquelles on ne peut pas continuer le voyage. Chaque aiguillage et chaque gare a son importance mais on ne peut pas toutes les raconter.

Alors il faut se souvenir des plus importantes et surtout de celles qui nous ont marqués comme celle où l'amour nous attendait sous un beau soleil d'été, celle où on a attendu trop longtemps sous l'orage, celle où on s'est perdu la nuit parce que le quai était trop obscur, celle où on s'est trompé de voie et de celles aussi qui nous ont menés sur des voies de garage qu'on aurait aimé éviter. Mais toutes ont leur importance car si on n'y était pas passé ou descendu, notre chemin n'aurait pas été celui qu'il est ni celui qui a fait de nous ce que nous sommes.

C'est en écrivant la mélodie de notre vie sur la portée de nos mots que l'on commence à comprendre quelle fut et pourquoi fut ainsi notre destinée.

Voici mon itinéraire :

Première étape après un long trajet coloré et épicé : **Le pain grillé**

Seconde gare où est monté à bord celui qui s'est assis à côté de moi pour partager et illuminer ma route : **Notre histoire**

Troisième arrêt, la voie de garage où j'aurais aimé ne jamais m'arrêter : **Mauvaise rencontre**

Quatrième arrêt où attendait sur le quai celui qui devait absolument faire partie du voyage et avec qui je me suis perdue dans une nuit passionnelle sans aurore : **L'amour revient toujours**

Cinquième gare où je suis restée trop longtemps transie sous la pluie : **Fallait pas y aller !**

Et bien sûr quelques *gares secondaires* sans lesquelles ce voyage ne serait pas ce qu'il est.

Voici la première étape de mon chemin, celle qui allait ouvrir la voie vers la découverte du monde et aussi vers la découverte de moi-même.

Le pain grillé

Rendez-vous à l'hôpital 12 h 30. Le jeune infirmier arrive dans la chambre.

– On y va ?

– Oui

– C'est pour le Docteur M ?

– Oui

Sur mon lit à roulettes que pilote avec dextérité mon chauffeur qui a du métier, une petite visite des couloirs, des ascenseurs, de la salle d'opération, il est charmant mon taxi. Il me dit alors qu'on arrive :

– C'est bizarre vous ne trouvez pas, cela sent le pain grillé ?

Le pain grillé ? Depuis quand le corps humain sent le pain grillé me dis-je en moi-même ? Surviennent alors dans ma tête d'autres images……………

Mon premier voyage.

C'était en Inde en 1981, j'avais 23 ans, ma première escapade à l'étranger. J'avais quitté assez tôt le cocon familial dans la banlieue de Dunkerque et j'habitais à l'autre bout de la France depuis quelques années mais je n'avais jamais voyagé. C'était mon premier séjour à l'étranger. A force de faire des saisons, j'avais enfin amassé suffisamment d'argent pour partir.

Comme on est fier quand on monte dans l'avion pour la première fois ! Dix-sept heures de vol, arrêt forcé à Damas, les mitraillettes sur le toit de l'aéroport, je ne les vois même pas, toute excitée de ce voyage. Les militaires qui sont partout n'ont pas vraiment l'air sympathique et on se retrouve avec un gros problème. Pas de correspondance, des retards, bref les galères des vols charters il y a plus de quarante ans et dans ce pays tu n'as pas vraiment envie de réclamer. D'ailleurs il n'y a pas de bureau de renseignements, pas de cafétéria et pas le droit de sortir puisque tu n'as pas de visa. Donc on s'arme de patience, douze heures dans un aéroport, c'est long, une bonne première galère de voyage, je m'en souviendrai, mais là je suis heureuse. Comme on est insouciant à 23 ans.

On arrive enfin à New Delhi, c'est mieux que Bombay car j'ai rencontré un gars dans l'avion qui racontait que lors de son premier voyage il n'osait même pas sortir de l'aéroport quand il a vu la marée humaine derrière les vitres de l'aéroport. Oui difficile à imaginer, on arrive en bas pour récupérer les bagages et lorsqu'on lève les yeux on voit une nuée de personnes à l'étage supérieur, penchée vers les voyageurs à travers les baies vitrées. On a l'impression d'être au zoo sauf que ce sont nous les animaux et je peux vous dire qu'ils sont nombreux et ils n'ont rien d'autre à faire que d'attendre les touristes. J'ai du mal à décrire ce ressenti mais le pire est le flot de mendiants qui vous attend pour de vrai dès que vous franchissez la porte pour la vraie vie. J'aime bien ce terme « vrai » car ici il prend toute sa valeur et ce voyage a changé ma vision de la vie pour de vrai.

Je n'étais pas préparée à la misère que j'allais découvrir. Bien sûr, je savais où j'allais et même s'il n'y avait pas internet, je m'étais quand même renseignée. Le plus dur fut de voir la pauvreté et le nombre de miséreux car en réalité c'est bien plus mordant que dans les reportages des magazines. J'oserai même parler de cour des miracles, c'est exactement cela car ils sont si nombreux et comme il n'y a pas de sécu et pas de chômage, cela fait du monde sur les bancs de la misère. Les exclus s'organisent en bandes et ne se mélangent pas, les intouchables aux pieds nus d'un côté, les infirmes de l'autre et les lépreux à part. Jamais je n'en avais vu et quand ils s'agrippent à tes vêtements pour te mendier une roupie ou une cigarette, tu ne peux pas rester insensible. Ce sont eux qui m'ont le plus impressionnée, de voir les plus valides transporter sur des espèces de charriots qui ressemblent plus à des planches à roulettes les plus atteints car il s'agit de la lèpre qui ronge et certains n'étaient presque plus que des troncs humains. Jamais je ne pourrai oublier ces images.

Et le pain grillé ? Attendez, je viens juste d'allumer le four !

Nous sommes partis rapidement de New Delhi car nous n'avons pas aimé cette grande ville avec son brouhaha et son nuage de pollution. En bus et en train, le voyage fut épique mais je vous en reparlerai plus tard. Nous avons visité le Rajasthan avec ses palaces, ses mines de pierres précieuses et le Graal du nord de l'Inde : le Taj Mahal. J'avais des lumières plein la tête et cela faisait un peu oublier les conditions de voyage des plus rupestres si j'ose dire. Ce palais digne d'un vrai conte de fée pour la petite fille que j'étais encore dans mon cœur, je l'ai adoré. Bien sûr son histoire est romancée mais je la trouvais si belle, forcément, elle parle d'amour et il est si majestueux ce palais. Il me rappelait ceux des contes et légendes que je lisais et que j'adorais étant enfant. Nous sommes restés plusieurs jours à Agra, j'étais subjuguée par tant de beauté et on l'a vu sous toutes les lumières, du lever du jour à la pleine lune en passant par le coucher du soleil. Comme il est en marbre blanc il reflète la lumière et c'est majestueusement beau.

Nous avons aussi visité des échoppes de pierres précieuses et même une mine où les enfants taillaient les pierres, les plus petites fixées sur des baguettes de bois avant qu'elles ne partent dans les bijouteries. Cela brillait de mille feux, jamais je n'avais vu autant de pierres précieuses ni autant d'échoppes qui en vendaient. On nous accostait pour venir les visiter, pas des grandes boutiques mais de petits bazars où le vendeur sort ses pochettes une à une et les déplie devant une bougie. On se serait cru dans la caverne d'Ali Baba. Ils essayaient de nous en vendre bien sûr mais nous n'étions pas riches et cela se voyait, on était des voyageurs, pas des touristes, alors ils n'insistaient pas trop. Je me suis tout de même offert un petit rubis cabochon que j'ai fait monter en bague en dessinant la monture et je l'ai toujours.

Nous avons ensuite suivi la côte par petites escales et nous nous sommes posés quelques semaines pour la fin de l'année sur les plages de Goa où nous avons fait construire une hutte avec un autre couple de voyageurs. Cela se faisait, surtout cela coûtait moins cher que les guest houses et à la fin celui qui l'avait construite (un pêcheur qui vivait juste en dessous sur la plage) la gardait et la louait à d'autres après nous. Bénéfice net pour lui et intéressant pour nous car en plus il veillait sur notre cabane et nos affaires en notre absence. Tout le monde y gagnait et cela nous a permis de nous poser et de nous reposer aussi car l'Inde est un pays fatigant. En plus, passer Noël sur une plage avec des températures d'été, c'était la première fois pour moi. J'ai beaucoup aimé même si les plages ne sont pas là pour qu'on s'y baigne car elles ont une autre utilité, évacuer les déchets humains et autres.

A Goa, nous avions l'impression d'être en Inde sans y être vraiment. Sur ces plages des anciens hippies se sont installés à demeure et le revers de la médaille est qu'ils n'ont rien pour vivre ou très peu donc tous les plans sont bons pour eux mais moins bons pour nous. N'ayant plus de papiers d'identité, ils doivent se cacher et être discrets, si la police les arrête pour n'importe quel motif et il n'en manque pas dans ce pays, ils sont embarqués et finissent en tôle. Qui voudrait terminer en prison là-bas ? Personne !

Avec mon compagnon Patrick il commençait à y avoir des tensions car j'avais du mal à supporter qu'il ne parle pas un mot d'anglais. Dans un pays où on ne parle que cela à part l'hindi, la femme n'est pas forcément prise au sérieux alors c'était difficile pour moi. J'étais la tête pensante, je parlais pour nous deux, pour dire ses pensées et aussi les miennes et des fois cela s'embrouillait dans ma tête. De plus quand je parlais pour lui, les Indiens ne me regardaient pas et lui répondaient quand même en faisant abstraction de moi mais comme il ne comprenait pas je répondais à sa place. C'était pesant et même humiliant à certains moments.

Je regrettais de m'être engagée dans ce voyage dans ces conditions car je n'imaginais pas que ce serait aussi pénible.

A Goa il y avait beaucoup d'étrangers, cela m'avait permis de souffler un peu mais l'ambiance n'était pas trop saine, il y avait trop de vols et de drogue alors on a décidé de reprendre la route.

Et la minuterie ? Le pain dore au four

Direction la région du Tamil Nadu et ses montagnes, nous nous sommes posés à Kotagiri. On avançait dans notre périple en descendant vers le sud mais l'Inde est un pays immense alors à la vitesse des bus locaux il ne faut pas être trop pressé ni avoir peur des routes de montagne. Une belle région pas très touristique où nous nous sommes bien baladés, c'était verdoyant avec de beaux paysages et pas de grosses villes. Mais la tension et le malaise entre nous continuaient de grandir et ne disparaissaient pas, au contraire on aurait dit qu'ils s'installaient.

En fait, avant de partir pour ce voyage, notre relation cahotait depuis pas mal de temps. Nous avions déjà évoqué une séparation mais ce voyage, on voulait le faire depuis longtemps, c'était un peu le bébé de notre union, alors on s'était donné la chance de le vivre ensemble, advienne ce qui pourrait arriver, on aviserait. Nous vivions plus une relation d'entraide et de partage amical que celle d'un couple. Sauf que « le advienne que pourra », nous étions en train de le vivre, on le prenait en pleine face alors avec la fatigue du voyage ce n'était pas top car au moindre incident ou imprévu, on s'accrochait.

Je commençais à craquer, je reprochais à Patrick le fait qu'il ne parle pas anglais pourtant c'était injuste car je le savais avant de m'engager avec lui dans ce périple. Mais savoir les choses n'est pas pareil que de les vivre et je n'avais pas imaginé toutes les conséquences ni le poids que cela représenterait pour moi. En fait je devais tout gérer, les transports, la nourriture, négocier pour les logements et c'était lourd, sur mes épaules comme le poids d'un deuxième sac à dos mais je me dis aujourd'hui que cela ne devait pas être marrant pour lui non plus.

On voyait de belles choses mais on n'en profitait qu'à moitié. Nous étions en train de nous mentir et la réalité était en train de rattraper le rêve. Mais on ne voulait pas si facilement déposer les armes ni baisser les bras. Nous avions voulu ce voyage alors on allait le finir. On avait décidé à deux de le vivre et on était bientôt à mi-chemin de notre parcours mais à mi-chemin ce n'est pas au bout !

Le pain lève mais n'est pas encore prêt

Nous avons repris la route qui nous a menés dans l'une des régions que j'ai le plus aimée avec le Rajasthan. Le Kerala, on a traversé cette région fluviale sur les backwaters (genre de bateaux-taxis), ce furent les plus beaux paysages que j'ai vus avec ceux du Rajasthan. On voyageait sur ces bateaux, dormant parfois sur le pont, on voyait les enfants avec leurs uniformes d'écoliers les prendre pour aller à l'école. Les canaux étaient remplis de jacinthes d'eau, c'était magnifique mais comme toute bonne chose a une fin, nous sommes arrivés à la pointe de Kanyakumari, tout au sud de l'Inde. Là, nous avons pu admirer de magnifiques levers et couchers de soleil presque du même endroit, ce fut magique. Je voudrais dire que là-bas peu de gens avaient la télé dans les villages dans les années 1980 alors le coucher du soleil et le lever de lune étaient leurs émissions préférées et ils étaient nombreux chaque jour.

Nous devions au départ de notre projet, une fois arrivés en bas de la péninsule, poursuivre ce voyage à Ceylan. Mais c'était sous-estimer à la fois la distance que cela représentait et aussi le coût car le transport ne coûte pas cher, mais de pas cher en pas cher sur des milliers de kilomètres, cela commence à coûter très cher ! Nous nous étions rendus compte que nous avions dépensé beaucoup plus d'argent que prévu dans les transports, nous avions parcouru des milliers de kilomètres et nous n'avions plus assez d'argent pour continuer le voyage prévu alors nous avons changé nos plans et commencé à remonter par la côte Est. Par précaution, pour ne pas transporter tous nos traveller's chèques sur nous et risquer de nous les faire voler, nous en avions laissé une partie à l'ambassade de France à New Delhi, afin de poursuivre ensuite notre voyage vers le Népal.

Mais à présent, nous voulions juste trouver un billet de train Madras/New Delhi. Il nous fallait traverser presque tout le pays en oblique : soixante-douze heures de trajet, 2780 kilomètres, nous avions sous-estimé le prix du billet et nous avions juste assez d'argent. Nous connaissions déjà bien les trains de seconde classe qui font des kilomètres de long, roulent lentement et s'arrêtent partout. Dans ceux-ci nous étions entassés dans des wagons brimbalants, à dormir assis sur des bancs en bois, en plein courant d'air puisque ce sont des barreaux qui remplacent les fenêtres, les portes restant ouvertes aussi, cela vous dessèche littéralement sur pied. Mais là, nous cherchions quelque chose d'un peu plus rapide. Les Indiens sont gentils en général mais certains peuvent être aussi voleurs et la nuit dès qu'on s'assoupissait, on sentait des mains baladeuses nous effleurer et nous fouiller. Tout avoir sur soi près de son cœur dans une pochette sous les vêtements et rien dans les poches ni dans les sacs, c'était la devise de la sécurité.

Là, nous étions contents d'avoir trouvé un billet pour un train « express », nous attendions dans la gare le départ et je guettais l'annonce du numéro du quai au haut-parleur. La gare de Madras est une immense gare qui grouille comme une fourmilière et tellement bruyante que j'avais vraiment du mal à comprendre la voix en anglais qui crachotait dans les haut-parleurs et la catastrophe s'est produite ! Lorsque le chef de gare a annoncé la voie de départ de notre train, (il n'y avait pas encore de panneaux lumineux) j'ai confondu thirteen et thirty alors pendant que nous attendions le train sur le quai de la voie treize, il est parti voix trente. Je ne me suis rendue compte de rien parce que la voie trente était à l'extérieur de la gare principale sur des voies annexes.

Coup de panique quand on s'est retrouvé devant le quai soudain vide, je cherche un contrôleur, lui explique que nous avons raté le train et il m'envoie dans un bureau où il y avait au moins cinquante personnes devant moi. Après un moment très long l'employé au guichet veut bien changer mes billets mais me réclame l'équivalent de cinquante dollars à rajouter pour les nouveaux billets. Je deviens blême, il ne nous restait presque rien sur nous juste de la monnaie qu'on avait gardée pour le voyage en attendant de retrouver notre argent à l'ambassade de New Delhi. Quand il voit que je n'ai pas l'argent, il me reprend très vite les billets des mains.

Je ressors du bureau dépitée et annonce la nouvelle à Patrick. Déjà que cela me pesait de devoir parler pour deux, alors là ce fut pour moi le désarroi le plus total et le coup de grâce. Que faire ? Il y avait une ambassade de France à Pondichéry mais c'était à plus de trois heures de route et comment y aller ? A pied ? Et même si on y arrivait, il n'allait pas rapatrier nos traveller's chèques. Cela tournait à toute vitesse dans ma tête, je regardais tout autour de moi, affolée, je voulais trouver une issue mais rien, aucune solution ne me venait à l'esprit.

Nous sommes restés trois jours et deux nuits dans la gare de Madras à faire la manche et à dormir sur des cartons au milieu des mendiants et des lépreux pour essayer de récupérer ce qui nous manquait. Je racontais inlassablement mon histoire aux touristes que j'apercevais mais ils me fuyaient comme la peste en me prenant pour une droguée qui faisait la manche (j'en ai vu moi aussi qui sont restés dans ce pays, qui ont vendu leur passeport et sont tombés à deux pieds joints dans l'héroïne). Quant aux voyageurs indiens, ils souriaient et me regardaient d'une mine désolée tandis que les mendiants nous criaient dessus, nous faisant signe qu'on devait déguerpir car c'était leur territoire. Ils essayaient aussi de nous chaparder nos affaires, alors il fallait dormir à tour de rôle. J'ai cru que nous allions rester dans cet enfer et à la fin, je pleurais de rage d'être dans cette galère pour cinquante dollars alors que nous en avions plus de quatre cents qui nous attendaient à Delhi.

Je commençais à croire que nous n'allions jamais trouver cette somme car nous ne récoltions que des piécettes Et un ange est passé…….. Elle s'appelait Christa. Elle m'a écoutée, elle était méfiante mais je crois qu'elle a senti mon désespoir. Elle était allemande, elle m'a dit :

« Je ne sais pas si ton histoire est vraie mais je prends le risque de te donner cinquante dollars et quand tu arrives à Delhi, tu me les renvoies en poste restante à cette adresse. » Je l'ai embrassée en pleurant et jamais je n'avais encore remercié ainsi quelqu'un du fond de mon cœur. Nous avons enfin pu acheter les billets et nous avons voyagé pendant soixante-douze heures, sans manger mais heureux. On était sale comme des peignes, on avait des poux, la faim nous tordait le ventre mais pour tenir le coup je fermais les yeux pour revoir son visage et je souriais à mon ange. Quand nous sommes arrivés à New Delhi, en descendant du train, je me suis évanouie sur le quai.

Quelques heures plus tard, encore pâlotte, j'ai ravalé ma fierté pour me présenter dans cet état à l'ambassade de France. Pas la possibilité de faire un brin de toilette car pour cela il fallait un hôtel et donc de l'argent. Je me suis excusée pour ma présentation mais en fait l'employé s'en moquait. Nous avons récupéré notre argent mais le cœur n'y était plus. On était meurtri par cette aventure, amaigri, pas très en forme car on avait dû boire l'eau du robinet et notre santé s'en ressentait.

On n'avait plus envie de continuer un aussi grand voyage alors au lieu d'aller au Népal, nous sommes partis nous ressourcer à Bénarès. Nous avions essayé de changer nos billets pour avancer la date du retour en France mais impossible, il y avait un congrès important et les vols étaient complets. C'était ce qu'on nous disait, pas moyen bien sûr de vérifier. Il nous restait encore trois semaines avant de repartir. Mais là-bas à Bénarès, une autre surprise nous attendait ………….. Le voyage n'était pas encore terminé !

Nous voici arrivés chez le boulanger, le pain est cuit

Arrivés à Bénarès nous avons trouvé un lodge dans une ancienne demeure bourgeoise transformée en hôtel (merci le guide du routard). On se remettait peu à peu de nos émotions et de nos mésaventures et on se laissait vivre. J'aimais me perdre dans le dédale de ses petites rues, au hasard de nos promenades. C'est une ville très animée, très colorée, très joyeuse aussi si on peut dire cela d'une ville. C'est une ville sainte alors il y a beaucoup de monde, de touristes bien sûr mais aussi d'Indiens qui y viennent en pèlerinage.

Un matin, nous nous promenions au lever du jour, moment que je privilégiais pour la beauté de sa lumière et sa fraicheur aussi quand nous sommes tombés sur cette pauvre femme morte dans la rue, figée dans son mouvement de chute, on aurait dit que la mort l'avait pétrifiée sur place. Les gens jetaient sur elle des fleurs et des pièces de monnaie, j'ai compris plus tard à quoi cela servait. La ville est au bord du Gange mais on n'y était pas encore allé.

Ce matin-là on faisait juste une balade en attendant que les échoppes ouvrent pour pouvoir déjeuner. Habituellement un thé, du riz, des légumes épicés à vous faire pleurer, des fois du poisson mais quand on voyage en routard, on vit en routard et depuis des mois, on s'était habitué aux coutumes locales, entre autre la nourriture très épicée et aussi l'habitude de manger avec les doigts. C'est un plaisir que j'ai découvert là-bas et que j'ai beaucoup apprécié car le toucher entre alors dans les sensations et s'ajoute aux yeux et au goût et il a son importance pour sentir la chaleur, la texture. Et puis cela évite de tomber malade avec l'eau douteuse de la vaisselle puisqu'on mange sans couvert, dans des assiettes en feuille de bananier qui sont ensuite jetées dans la rue pour servir de nourriture aux vaches et aux cochons.

Bref, ce matin-là une bonne odeur de viande grillée s'échappait des ruelles et aiguisait nos narines, alors comme on avait faim, on a suivi l'odeur dans les méandres de ruelles et tout à coup, un spectacle délirant s'est offert à nos yeux. Les Ghats et des centaines de gens qui se baignaient et sur notre gauche ces images que je ne pourrai jamais oublier et qui ont tué l'âme d'enfant qui restait encore en moi. Des bûchers immenses dressés vers le ciel, certains en construction, certains déjà allumés, nous savions que c'était une ville sainte où ont lieu les crémations mais de là à les découvrir comme cela, alors que nous avions faim et que nous étions attirés par l'odeur de ce que nous pensions être de la nourriture, j'ai cru que j'allais me sentir mal.

Il y avait de petits groupes, qui attendaient avec leurs morts. Les morts arrivaient sur des brancards en bambou, accompagnés par la famille qui scande les chants sacrés. Pas de femmes bien sûr, elles ne sont pas les bienvenues ici non plus et un obstacle à l'aboutissement de la démarche de crémation et de purification. Vous comprenez mieux pourquoi je vivais mal le fait de parler pour deux. La femme dans ce pays est vraiment reléguée au second plan. C'est tout un rituel que j'ai cherché à comprendre pour atténuer les images que mes yeux voyaient et enregistraient sans les assimiler. C'était au-dessus de mes forces et pas dans notre culture alors je restais choquée. Je continuais de regarder comme fascinée, un des membres proches du défunt se faisait raser le crâne sur place et tenait le flambeau qui allume le bûcher. Le mort était recouvert d'un linceul coloré et de fleurs, quand le bûcher était prêt il était déposé au sommet et la famille restait, chantait et priait jusqu'à la fin de la crémation. La mort n'est pas un moment triste comme chez nous puisque c'est le passage d'une vie à une autre. La crémation permet de libérer l'âme des morts et d'atteindre le Nirvana, après les cendres sont jetées dans le Gange.

A cet endroit de la ville, nuits et jours ne cessent de se consumer des dizaines de cadavres. C'est une véritable industrie et un vrai commerce, une chaîne qui commence avec la livraison du bois jusqu'à la consumation des corps. Il faut voir les tas de bois empilés, le bureau où se font les achats et le travail des ouvriers de la mort et si vous y rajoutez les familles, cela fait du monde sur la vaste place du marché de la mort.

Mourir permet de passer à quelque chose de meilleur, mais comment se fait le chemin ? Plus la famille est riche, plus le bûcher est grand et plus la crémation est belle. Plus le mort est connu, plus le défilé est important alors si tu n'es pas riche, ne viens pas mourir ici car en fait les gens choisissent s'ils veulent mourir dans une ville sainte et ils prévoient leur crémation.

Mais comment font alors ceux qui ne sont pas riches? C'est là que survient l'horreur ! Si tu n'es pas assez aisé alors tu ne te fais pas brûler et tu attends sagement le chemin de ton destin, où alors tu prends des risques. Tout d'abord le premier est de partir pour l'au-delà pas entièrement purifié. Vraiment ? Pour moi, ce fut l'horreur de voir le feu qui atteint le corps, le consomme et le croque-mort équipé d'une grande pince qui rassemble les morceaux au milieu du foyer, qui replace le corps ou un membre dans le feu afin qu'il soit correctement brûlé.

Mais ce n'est pas tout, l'indicible arrive quand la famille est pauvre, car le bois devenu une denrée rare passe par le commerce et la pesée. Eh oui, il faut payer pour sauver son âme et le prix n'est pas à la portée de tout le monde ! Alors, c'est un bûcher insuffisant pour te brûler complètement qui t'enverra dans l'au-delà. Il existe aussi un bûcher collectif et je n'oublierai jamais ces images de corps qui brûlent et se déforment sous les flammes et lorsqu'ils sont jetés dans le Gange, ils ne sont pas tout à fait consumés. Pire, les femmes enceintes, les Sâdhus, les victimes de la lèpre et les enfants de moins de cinq ans ne peuvent pas atteindre la libération par le feu car elle leur est refusée. Alors lestés, on les immerge directement dans les eaux du fleuve. Voir des morceaux de corps flotter au milieu des cadavres de vaches et voir les gens faire leurs ablutions et boire cette eau, non je n'en revenais pas, il faut le voir pour le croire. Je savais dans quel pays j'étais mais la réalité dépassait tout ce que j'avais pu imaginer. Mais ce que je n'oublierai jamais c'est qu'un corps humain qui brûle et bien cela ressemble à l'odeur d'un poulet à la broche et aussi à celle du pain grillé !

Aujourd'hui l'accès aux crémations est parait-il restreint mais en 1981, on était libre de circuler partout. Etait-ce une bonne idée ? Je ne sais pas car ces images m'ont perturbée et m'ont hantée pendant longtemps.

Nous avons quitté ce pays après notre séjour à Bénarès et j'avoue que ce voyage qui était mon premier m'a chamboulée profondément. Plus rien ne serait comme avant. A notre retour, chose inévitable nous avons pris des chemins différents. Patrick a acheté un camion qu'il s'est aménagé et moi j'ai pris la route du sud avec le peu d'affaires qu'il me restait car nous avions presque tout vendu pour nous offrir ce voyage. Mes parents venaient d'y emménager alors je voulais voir comment c'était là-bas. Au bout de quelques mois j'ai trouvé un travail et une petite maison en location et je suis restée pour continuer un autre tronçon du chemin de ma vie. J'ignorais à ce moment-là qu'elle ne serait pas de tout repos.

Mais j'ai l'impression de prendre ce voyage dans le mauvais sens et de ne pas vous avoir révélé aussi les beautés qu'il recelait.

Derrière la misère se cachent des trésors

La magie des couleurs

L'Inde est un pays aux multiples visages et dans ce pays tout est épicé. C'est en lui que j'ai découvert mon attrait pour les couleurs et les saveurs. Là-bas tout est coloré, les paysages ocrés du Rajasthan, les pierres qui abondent dans les échoppes de Jaipur (la ville rose), les canaux verdoyants du Kerala, les temples du Tamil Nadu, les costumes des enfants et les saris des femmes de toute beauté. Les montagnes du sud de l'inde où la végétation extraordinaire est à la taille démentielle de ce pays. J'ai vu des arbres si grands que les gens qui s'affairaient à leurs pieds semblaient des jouets. Des multitudes de fleurs multicolores que se mettent les femmes dans les cheveux, qu'elles enfilent en colliers ou que l'on dépose à pleines brassées devant les temples que l'on trouve partout pour chaque Dieu et pour chaque occasion. Même dans les taxis ou les bus il y a de mini-temples pour déposer les offrandes que l'on fait à chaque voyage. Les couleurs vives et chatoyantes des saris des femmes, celles des bijoux sur leur peau dorée, les petits piercings sur le nez ou les dizaines de bracelets de verre coloré qu'elles portent aux bras et aux chevilles, c'est un ballet multicolore incessant qui tourbillonne devant les yeux.

La magie ou l'enfer des odeurs, selon

Toutes ces plantes et ces fleurs magnifiques servent aussi à faire des parfums, des onguents, des encens et des huiles parfumées pour le massage. On en trouve partout, les femmes s'en imprègnent les cheveux, massent les enfants dans la rue ou durant les transports. Si vous avez un problème, vous allez voir un guérisseur qui vous prescrit des onguents à base de plantes. L'encens brûle partout, maisons, boutiques, temples….. il y a des centaines de parfums différents, c'est un délice qui permet aussi de masquer d'autres odeurs. Toute la journée, il y a de petites échoppes qui servent à manger, les odeurs sont alléchantes et les goûts succulents mais ne jamais oublier votre mouchoir car le piment est si fort que vous pleurez en mangeant. Cela a été mon cas pendant tout le voyage, mais on dit qu'il a des vertus thérapeutiques multiples.

Les odeurs moins drôles

Celles de la rue où il fait quarante-cinq degrés à l'ombre, celles des caniveaux qui évacuent les eaux usées, celles des bouses de vaches qui déambulent et je vous jure que le mythe de la vache sacrée n'est pas inventé. J'en ai vu des bus et des taxis klaxonner des fois pendant un temps interminable pour faire bouger ce « demi-dieu » qui se prélasse parfois couché et ne daigne pas se lever. Pas question de la frapper, plutôt mourir que d'être puni par le Karma. Mais les vaches ne sont pas les seules à cohabiter avec les humains, il y a aussi les cochons noirs. Eux ce sont les éboueurs qui nettoient les rues de leurs déchets. Comme en général les gens mangent dans des feuilles de bananiers, rien ne se perd. Mais les pauvres bougres ont aussi à leur charge les latrines et ils trainent parfois dans la fosse juste en dessous, de quoi vous couper l'envie. Attention ce n'est pas le cas dans les villes mais ce n'est pas terrible non plus car on y trouve des WC bizarres, je n'en avais jamais vu ainsi : une version de nos WC cuvettes mais avec sur le rebord l'empreinte des pieds des WC à la turque. Ils ont de drôles d'idées les Indiens mais revenons à nos moutons pour découvrir la dernière beauté.

La merveille

Je vous en ai déjà parlé, elle se trouve à Agra, le Taj Mahal bien sûr. Je l'ai vu au début de mon voyage car il se trouve proche de New Delhi et quand nous avons franchi la première porte de son enceinte, j'ai ressenti une grande émotion en moi comme le poids d'un lourd mystère et d'une magie et quand je l'ai aperçu, je me suis arrêtée tellement j'étais subjuguée ! Un joyau d'architecture comme je n'en en ai jamais revu, un palais de marbre blanc incrusté de pierres précieuses et semi-précieuses. Franchement, c'est le plus beau monument que j'ai vu dans le monde. Avec une petite histoire pour les cœurs tendres comme le mien mais moins bien pour son pauvre architecte. Une version simple et romantique à souhait dit que l'empereur qui a fait construire ce palais le voulait à l'image de l'amour qu'il éprouvait pour la femme qu'il adorait et qu'il avait perdue. Après avoir vu d'innombrables architectes, il en trouva un dont les plans lui convenaient, il le fit prisonnier et fit tuer sa fiancée pour qu'il puisse comprendre sa douleur et réaliser le joyau qu'il attendait. A la fin, il le fit tuer pour qu'il ne puisse pas un jour le reproduire. Je n'ai pas vérifié la véracité de ces faits mais l'histoire m'a plu alors je l'ai gardée pour avoir aujourd'hui le plaisir de vous la raconter. En tout cas, il est très difficile de raconter la magie et la beauté qui émanent de ce monument, aujourd'hui hautement protégé (c'est sûr que vous n'allez pas ramener une miette de pierre précieuse incrustée) !'

Après avoir mangé le pain grillé de ce voyage, il reste les miettes croustillantes.

Petite histoire de pauvres

A Bénarès, j'ai aussi vu des bateaux chargés de graviers qui arrivaient au bord du Gange. Dès qu'ils étaient à quai, une grande passerelle les reliait aux quais, longue de plusieurs dizaines de mètres et une file indienne (l'expression doit venir de là) surtout des enfants portant un récipient sur leur tête montaient et descendaient cette échelle jusqu'à épuisement du stock de gravier. Certains étaient très jeunes huit ou dix ans et je me suis attardée pour voir et comprendre que leur solde était un plat de riz unique le soir et une demi-roupie. J'ai vu aussi au cours de ce voyage des femmes assises au bord des routes, au pied d'un tas de pierres, elles les cassaient avec un burin pour remblayer les trous et j'ai vu aussi des enfants travailler dans les ateliers de couture ou les mines. L'exploitation pour nous dirait-on mais la survie pour eux.

Petite histoire de bus

Dans les gares routières, il faut être très rapide, dès que le bus choisi arrive, il faut courir et jeter par les fenêtres (qui n'ont pas de vitres mais des barreaux) une écharpe où un vêtement quelconque pour réserver une place assise car si tu attends de monter dans le bus, soit tu voyages debout ou sur le toit soit tu es bon pour attendre le prochain bus. C'est aussi la première fois dans ce pays que j'ai vu des pneus rapiécés et tu hésites à monter dans le bus surtout quand il part pour la montagne. La première fois, je me suis demandée pourquoi le chauffeur s'arrêtait au sommet de la côte au bord d'un petit temple et faisait une prière. Quand nous avons attaqué les lacets de la descente, j'ai compris, il régnait un silence de mort dans le bus, le chauffeur pour économiser l'essence mettait le véhicule en roues libres et on entendait le bruissement des tôles de la carcasse. Quand une Indienne un jour m'a attrapé le bras qui dépassait un tout petit peu par les barreaux, je n'ai pas compris sur le moment pourquoi mais quand nous avons croisé un autre bus, j'ai réalisé que l'espace entre les deux véhicules se mesurait en centimètres. Les fenêtres ont des barreaux pour que l'air puisse y être respirable et lors de brefs arrêts, cela permet aussi la vente à la sauvette de fruits ou de boissons sans descendre du bus. Un jour dans les montagnes du Rajasthan, nous n'avions pas pu prendre le bus que nous attendions depuis des heures car il était bondé, je veux dire qu'il y avait plus de personnes accrochées aux portes et sur le toit que dans le bus. Nous avons attendu le suivant et rattrapé le précédent, enfin nous l'avons juste aperçu avant qu'il ne se renverse dans le ravin après un virage en épingle, sans doute déséquilibré par la charge. Arrivé dans le village, nous avons fait une petite prière pour l'avoir raté !

Petite histoire de chiens

En Inde pas d'animaux domestiques, pas vu de chats mais des chiens oui, tous errants, car suivant la réincarnation ce sont les esprits des brigands, donc de mauvaises gens et c'est un animal souffre-douleur. Les gens les attrapent quand ils sont énervés et les martyrisent pour se défouler, on les entend hurler presque tout le jour. Ils sont tous faméliques et se regroupent en bande la nuit venue. S'ils se terrent la journée, la nuit est leur domaine ! Un soir dans un petit village, en rentrant nous en avons vu arriver sur nous en bande et au début on ne s'est pas inquiété mais plus on s'approchait et plus ils grognaient et on ne pouvait pas les éviter puisqu'ils nous barraient la route, mais ils sont devenus vraiment hargneux et menaçants. Alors un indien qui avait un bâton s'est approché en criant et les a chassés. Après nous ne promenions plus sans bâton la nuit.

Petite histoire de fous

L'Inde est le pays le plus bruyant que j'ai visité. Ils sont nombreux d'accord mais dans les rues, c'est la folie, entre les piétons, les vaches, les rickshaws, les taxis et les bus, il n'y a que le klaxon ou les cris qui vaillent alors c'est à qui s'en donne le plus à cœur joie. Les seules qui les ignorent sont nos amies les vaches, elles bougent juste une oreille en cas de tintamarre et quand elles veulent squatter la chaussée et bien tout le monde reste bloqué derrière elles. Trop fortes nos amies les vaches, elles m'ont des fois énervée mais souvent fait sourire. Parfois, je me réfugiais dans ma chambre d'hôtel car je ne supportais plus le bruit qui me martelait le crâne lorsque nous restions plusieurs jours en ville. Si vous ne supportez pas le vacarme, il ne faut pas choisir ce pays car le bruit et la pollution sont les fléaux des grandes villes (quand je parle de bruit, je veux dire boucan infernal) et quand je parle de pollution, (vous êtes dans le brouillard).

Petite histoire de flics

Pas vraiment sympas les flics, surtout quand tu voyages comme nous le faisions, avec notre sac à dos et tout le monde sait qu'en Inde la drogue est omni présente dans ces années-là mais tu n'as pas besoin d'en acheter pour te faire emmerder. Des fois on frappe à la porte de ta chambre d'hôtel et quand tu ouvres, tu vois deux policiers qui entrent et se mettent à crier et à tout retourner. D'un seul coup, ils sortent un soi-disant morceau de haschisch, du plafond, ou d'un quelconque endroit et menacent de t'emmener. Le seul mot qu'ils prononcent : bakchich et pas besoin d'avoir vu Midnight Express pour te laisser convaincre qu'il vaut mieux payer que de tester la prison en Inde alors il ne reste plus qu'à négocier. Ils arrondissent ainsi leur salaire du moins auprès des voyageurs routards.

Petite histoire de femmes

L'inde est un pays où il est plus facile de voyager seule en tant que femme que l'inverse. Les Indiens ne respectent pas forcément la femme mais ils craignent pour leur vie spirituelle. S'ils fautent ou te touchent ou juste essaient, tu leur parles de Karma car toucher une femme est très mal vu et leur crainte fait presque sourire quand tu vois leurs expressions changer et leurs visages blêmir. En général, ils deviennent des anges ! Par contre, j'ai rencontré des hommes qui se sont fait dépouiller sans aucune vergogne et le pire est la nuit quand tu voyages en bus ou en train. Dès le soir tombé, tu sens dans ton sommeil des mains te faire les poches, alors tout sur le cœur, dans une pochette accrochée autour du cou et pour l'argent, ce sont les filles les gardiennes et les soutien- gorges, les meilleurs coffres forts car ils n'oseront point y toucher et même les flics en 1980 n'avaient pas le droit de fouiller les femmes et des femmes flics, il n'y en avait pas quand j'y suis allée.

Cela vous fera peut-être sourire car il n'y a rien de nouveau dans ce récit, mais cela permet d'ouvrir les yeux sur ce monde et de se dire que nos galères ne sont que des grains de sable dans l'océan du monde. Les voyages forment la jeunesse disait Ulysse et bien moi, je dirai qu'ils peuvent aussi changer notre façon de voir la vie. Ce voyage a été le premier mais il m'a donné envie de courir le monde pendant quelques années et je peux vous dire qu'il est la plus belle classe dans l'école de la vie. D'eux j'ai tant appris.

Quand je suis rentrée en France après cinq mois de voyage, j'ai trouvé la vie et surtout notre pays très triste. D'accord on sortait de l'hiver mais ce n'était pas là le malaise, c'est qu'il n'y avait pas de couleur dans la vie, dans les villes et surtout dans le cœur des hommes. Tout paraissait si terne surtout les êtres humains déambulant dans leur quotidien fade, on les aurait dit blasés par leur vie et leurs soi-disant problèmes. Alors je repensais aux gens de là-bas, dans leur pauvre vie et qui arrivaient malgré tout à sourire, je me sentais coupable pour nous, pour notre manque de gaité, pour nos plaintes incessantes, pour nos petites misères. Je revoyais ces enfants exploités qui t'affichaient un sourire si grand et émouvant parce que tu leur avais accordé un instant de bonheur ou donné si peu. J'ai souvent eu honte de moi et de ma vie privilégiée au cours de ce voyage. Aujourd'hui quand j'entends des gens se plaindre alors que nous vivons dans un pays doré et que nous sommes hyper protégés, j'ai envie de leur dire, mais allez voir dans le monde, ouvrez vos yeux, regardez, sentez, voyez comme la vie est différente pour tous et très injuste pour certains. Choisit-on de naître dans les pays en guerre ou dans ceux du tiers monde ? Non, alors cessons de nous plaindre et soyons heureux d'être en vie et surtout soyons heureux d'être ici ! Eux changeraient bien de place avec nous mais vous ?

Quand est monté dans le train cet inconnu qui s'est assis à côté de moi pour illuminer mes jours et allumer mes nuits, j'ai laissé la vie décider pour moi.

Notre histoire

Eté 1983. Avec ma meilleure amie, nous avions décidé de faire un voyage nature, « insolitement nature » devrai-je dire au vu de son originalité. Dominique était une femme de huit ans mon ainée qui habitait à côté de chez moi. Ce qui m'avait séduite chez elle était sa force de caractère, sa franchise, son atypisme, elle se moquait éperdument de ce que les gens pensaient d'elle. Elle était artiste, vivait de peu et je la trouvais géniale. Elle m'avait embarquée dans un voyage de deux mois où rien n'était prévu. On avait pris le minimum de bagage et nous nous promenions avec juste de quoi nous laver et quelques vêtements de rechange, je n'avais jamais voyagé avec si peu de choses. Nous bougions à peu de frais, le stop en général et parfois le bus mais surtout nos jambes. On dormait dans des grottes, dans des parcs publics, il y a eu des fois où la journée on enterrait nos sacs dans les dunes ou bien on les cachait dans des bosquets pour se balader plus aisément. Parfois j'étais terrifiée en lui disant qu'on ne retrouverait plus nos affaires ou qu'on nous les aurait volées, mais elle rigolait. Avec elle tout était simple, elle avait une telle assurance qu'il ne nous est rien arrivé. Pour une première de ce genre, c'était réussi, j'ai fait un beau voyage et je me suis bien amusée.

C'étaient les derniers jours de notre séjour, Domi faisait la tête car son copain l'avait rejointe à l'improviste et elle vivait cela comme une privation de sa liberté. Moi, je sortais d'une rupture assez difficile de vie commune et un voyage qui n'avait pas été de tout repos alors je n'avais pas envie de m'intéresser trop aux garçons sauf épisodiquement. Comme elle était très jolie, elle attirait les garçons en premier et cela m'arrangeait bien. Mais ce soir, elle était accompagnée et je voyais bien qu'elle rongeait son frein.

Avec une copine italienne on avait un peu bu et on dansait au milieu de la foule. Il était là à un mètre de moi et je ne pouvais pas le lâcher des yeux, j'ai ressenti quelque chose de bizarre, de très fort. Ses amis lui disaient qu'il était temps de partir car il devait travailler (à deux heures du matin ?) mais je me suis retrouvée rapidement dans ses bras et la terre semblait tourner aussi vite que la salsa, quelques baisers échangés et le voilà déjà envolé. Le lendemain je ne savais plus si c'était la vérité ou si j'avais rêvé mais il me restait un merveilleux souvenir et un goût d'inachevé.

Nous nous sommes revus quelques jours plus tard dans une grande fête donnée chaque année au centre de l'île. Il faisait partie de ceux qui organisaient cet évènement. Il m'avait immédiatement reconnue, m'avait embrassée et m'avait dit : « on se retrouve plus tard ». Je ne voyais pas trop comment car il y avait des milliers de gens mais il y est arrivé. Nous avons passé tout le week-end ensemble et ce fut une fête mémorable malgré le mauvais temps, dans cet endroit féerique : El Cedro. Nous avons dormi sur le sol d'une école abandonnée, passé deux nuits à faire la fête et fait l'amour au bord d'un ruisseau sous la pluie. C'était vraiment intense, je me sentais renaître et renouer avec l'amour.

Le lendemain, l'avion nous attendait et le goût de ce bonheur était trop fugace pour ne pas me laisser un petit pincement au cœur. Je n'avais pas de chance, nous venions de passer deux mois ici, pourquoi ne l'avais-je pas rencontré plus tôt ? Je ne savais même pas où il vivait. Je me souvenais juste lui avoir donné mon adresse sur un bout de papier alors qu'il pleuvait. Nous ne sommes rentrées que deux semaines plus tard et à ma grande surprise, une lettre m'attendait. Dedans une jolie carte postale où d'une belle écriture il avait écrit « Solamente te amo ». Une petite larme a glissé sur ma joue.

Le rêve

Notre histoire ne faisait que commencer et elle s'est étirée sur deux longues et merveilleuses années. Années 1980, pas d'internet ni de téléphone portable, mon Dieu si cela avait existé comme nous aurions été heureux ! Je travaillais alors en internat dans une école, je partais toute la semaine, quand je rentrais, souvent une lettre était arrivée et j'attendais ce moment avec impatience. Je ressemblais à une midinette, je me trouvais ridicule d'être tombée dans ce piège car j'avais 26 ans et j'étais amoureuse d'un garçon de 18 ans. Lors de notre rencontre, j'ignorais son âge mais je crois bien que je m'en moquais. Je trouvais même cela drôle en y pensant. J'avais huit ans de moins que Dominique qui m'avait permis de le rencontrer et lui huit ans de moins que moi mais pour une fois que j'étais vraiment amoureuse je n'allais pas chipoter sur un comptage d'années.

Je ne parlais presque pas espagnol alors au début j'ai eu du mal à comprendre ses lettres mais en deux ans j'ai eu le temps d'apprendre. Ses lettres étaient un baume au cœur qui refermait définitivement mon ancienne histoire et ses blessures. J'avais peur mais l'amour m'avait de nouveau prise dans ses filets. Ce n'était pas Moïse qui annonçait l'arrivée de Dieu mais Moisés qui annonçait le retour de l'amour dans ma vie car tel était le prénom de mon petit ami. Au fil des lettres notre histoire et notre complicité avaient grandi, on s'entendait à merveille, cette complicité m'émerveillait et la distance au lieu de nous séparer nous rapprochait. Il disait de mes lettres qu'il les attendait avec impatience et qu'elles étaient la nourriture de son âme. Moi cela me faisait chavirer et littéralement fondre. Mais deux ans c'est long, c'est très long !

Nous nous sommes mis à rêver au travers de nos mots, à nous envoler sur notre idylle au fil des pages, à imaginer au travers de nos courriers une vie future. Je voulais retourner là-bas, je voulais le revoir, je voulais continuer cette histoire que je savais folle mais lui aussi semblait y croire et surtout en avoir envie, alors pourquoi ne pas y croire moi aussi ? Nous avons décidé que ce serait moi qui le rejoindrais. Lui était étudiant, il avait le temps et la vie devant lui. Moi j'étais amoureuse et j'avais l'amour devant moi. J'avais embarqué Dominique et son compagnon dans le projet d'ouvrir un resto au bord de l'eau là-bas. On avait accumulé à nous trois en deux ans un joli pécule et je partirais en éclaireuse. Je me sentais prête, enfin, un tout petit peu prête. Cela me chatouillait le ventre et les papillons qui y volaient étaient le signe avant-coureur d'une grande et belle histoire comme on ne vit que peu de fois dans sa vie. Comme j'étais heureuse et comme cet amour me semblait mérité !

La réalité

Octobre1985. Enfin le moment de se retrouver était arrivé. Je rêvais, je vivais, j'aimais, mon amour était un ange de douceur venu de je ne sais quel pays de rêve. Nous vivions dans une résidence étudiante à Tenerife et Moisés était un merveilleux guide pour me faire découvrir ses îles. Infatigable : études, musique, théâtre, folklore et aussi portier de nuit pour payer ses études, il vivait comme si chaque jour allait être le dernier. II avait une soif de vivre insatiable et des fois j'avais peine à le suivre. Nous avions projeté d'aller à La Gomera pour Noël et ensuite il me ferait découvrir une autre île : La Palma. Randonnées dans la montagne, baignades sur des plages désertées par les touristes, nuits à la belle étoile, excursions en pleine nature étaient notre quotidien. Avec quelqu'un du pays c'était magique. Et cet amour et cette complicité entre nous qui continuaient, avec lui c'était physique, sensuel, intellectuel, sexuel, l'Amour comme je le rêvais et un beau voyage à tous les niveaux. J'étais aux anges, sur mon petit nuage, encore mieux que je ne l'avais imaginé.

J'étais vraiment heureuse mais plus les vacances de Noël approchaient et plus je le trouvais tendu. Il paraissait préoccupé. J'avais trouvé ces derniers jours plusieurs écrits de lui sur le thème de l'amour, des poésies, des réflexions et une petite lanterne rouge s'était allumée dans ma tête. A la résidence étudiante, une fille Elena souffrait de notre relation et Moisés en était troublé, je le voyais bien. Il me disait qu'il se sentait comme un papillon dans le printemps de la vie, que les filles étaient toutes comme de belles fleurs et qu'il y en avait tant à butiner que son cœur ne savait pas sur laquelle s'arrêter.

Mais la vérité était autre et elle a éclaté, il ne pouvait pas me mentir. Je voyais en lui comme dans un miroir, celui de notre amour qui me donnait des ailes peut-être mais aussi des antennes. En réalité, pendant les deux années avant nos retrouvailles, il avait vécu une histoire avec elle et celle-ci s'était arrêtée à mon arrivée.

Je voyais bien l'étincelle dans ses yeux quand il la regardait et la tristesse dans ceux de cette fille. Alors je lui avais demandé s'il avait envie d'être avec elle, sa réponse : « pas tant que tu seras là » m'avait ébranlée profondément. Je sentais l'abîme se rapprocher, comment allais je réagir si notre histoire s'arrêtait ? Je ne m'étais pas préparée à cela, aveuglée par mes sentiments. A force de vivre le moment présent et de ne pas penser au futur, je me rendais compte à quel point j'étais amoureuse et aussi déconnectée de la réalité. Cela me fit soudainement peur.

J'avais trouvé le matin même dans notre chambre une longue lettre qu'il lui avait écrite et en la lisant, le rideau d'une vérité douloureuse était en train de s'ouvrir sur la tragédie de notre amour. Ses mots si forts racontaient leur histoire, leur amour, leur séparation, la blessure qu'elle avait provoquée en elle. Il parlait « *du désir qu'ils avaient tous les deux de ne pas chercher un endroit où placer un cadavre de souvenirs car ils ne voulaient pas effeuiller la fleur de tendresse qu'avec tant de caresses ils avaient forgée ensemble*

». Je continuais de lire médusée « *l'amour n'est jamais une eau dormante, l'amour n'est jamais une poésie ou une rose car plus bas, bien plus bas se cachent les racines. C'est ainsi que les jours suivants ne furent que la confirmation qu'au milieu des larmes, les épines défendaient l'espoir, défendaient encore et toujours l'amour.* ». Je restais tétanisée, la lettre à la main. Il ne savait pas que je l'avais lue, il ne devait pas le savoir mais je ne pouvais pas sortir de l'appartement, mes jambes refusaient de me porter et je compris pourquoi la nuit dernière il n'était pas rentré. La première vague du séisme venait de déferler.

Les vacances

Un jour tu crois que tout peut chavirer parce que tu es malade, parce que la fièvre te cloue au lit avec la douleur au ventre, parce qu'il t'a emmenée à l'hôpital, parce que tu es la petite fille qui a peur que tout bascule. Pourtant il reste là, à tes côtés, il te réconforte, il te soigne, il te raconte un conte de fées mais jusqu'à quand le prince sera-t-il là ?

Les vacances de Noël sont arrivées, nous sommes partis à La Gomera, j'étais heureuse mais … car il y avait un « mais » : mon amoureux ne semblait pas partager mon enthousiasme. A notre arrivée sur l'île, Moisés m'avait présenté son meilleur ami Carmelo et m'avait montré la petite maison où nous allions loger. Bon, c'était rupestre, basique mais ce n'était pas trop mal. Il m'avait dit : « je te laisse t'installer »……. Oui je me suis installée mais je me suis retrouvée toute seule pour Noël et les fêtes de fin d'année.

La maison était à son ami et lui habitait le village avec sa famille. Son père était le boulanger de Valle Hermoso et il passait toutes les nuits à travailler et les journées à dormir. Et surtout, oh grande déception pour moi, il ne m'avait pas présentée aux siens, pire, il m'avait laissée seule le soir de Noël, prétextant qu'il ne savait pas comment faire. Je voyais bien qu'il était mal à l'aise, distant et affligé aussi quand on lui demandait : « Passes- tu de bonnes vacances avec ton amie ? ». Avec un petit sourire qui sous-entendait le sexe. J'avais passé toute la nuit de Noël très douloureuse à fumer pour oublier, je lui avais écrit ma souffrance. Le matin, il était venu, il avait lu et j'avais pleuré dans ses bras.

Dans cette maison, il y avait plein de photos de filles étrangères, de souvenirs de bons moments festifs passés ici. Son ami disait : « Depuis quelques années c'est une mode de faire venir des étrangères, on les pose là comme de jolies fleurs dans un vase mais que peuvent-elles vivre ici ? ». Il y avait une grande tristesse qui sourdait en moi comme celle d'un torrent souterrain qui n'allait pas tarder à jaillir de l'océan de mon cœur en détresse.

Après tout cet amour partagé, toute cette attente, pourquoi ne me montrait-t-il pas son amour en public ? Je comprenais maintenant pourquoi il était réticent à venir, pourquoi il était nerveux. Il ne voulait pas qu'on sache qu'il était avec moi Pourquoi ? Etrangère ou différence d'âge ? La nuit de Noël, vers minuit, il était venu me chercher, nous avions été à la *panaderia*. Son père m'avait serré la main et nous avions fabriqué ensemble une tresse qu'il m'avait amenée pour le petit déjeuner.

Ce furent les pires vacances de ma vie. A chaque fois qu'on prévoyait de faire quelque chose, la réalité nous rattrapait « je ne peux pas », « je n'ai pas le temps », « il faut que je m'occupe de ma famille ». Et moi alors, tu ne veux pas t'occuper de moi ? J'en ai besoin, je vais mourir sans ton amour. Le jour de nouvel an, il avait bien vu comme j'étais malheureuse alors il était venu me chercher. Nous avions traversé la moitié de l'ile à pied pour aller danser et nous amuser, nous avions passé quelques nuits merveilleuses. Nous avons fait l'amour à la belle étoile sur les plages dans des lits improvisés et nous nous sommes retrouvés comme au début. Il me disait qu'il m'aimait et je retrouvais mon vrai compagnon, mon amour, c'était magique, c'était beau mais comme j'étais naïve. Cela a duré trois jours puis nous sommes rentrés.

La fin des vacances

Puisque tout me criait que j'étais une étrangère ici, dans le pays de mon amour et pas la bienvenue alors j'allais aller faire du tourisme, avais-je décidé. Début janvier, Moisés devait retourner à la fac à Tenerife alors j'avais choisi de visiter une autre île. On se retrouverait aux vacances de février. J'avais un poignard planté dans le cœur et des larmes plein les yeux quand il est monté dans le bateau. J'étais alors partie seule à Hierro, mon amoureux m'avait dit devoir bosser pour passer ses partiels alors j'étais confiante, je prenais ma pause amoureuse comme une épreuve dans notre relation. Nouvelle île, nouveau voyage, île volcanique magique, j'ai adoré sa terre de cendres noires, ses plages, sa végétation. J'ai fait de belles rencontres. Bon accueil, belles balades.

Au bout d'un mois je suis revenue à Tenerife, dans sa chambre d'étudiant. Le carnaval se préparait, il y avait une ambiance électrique, toute la ville commençait à vibrer. J'étais bien, je l'avais retrouvé, nous sortions, j'étais contente mais il n'aimait pas trop l'ambiance carnavalesque et il ne partageait pas mon enthousiasme. Je voyais bien que quelque chose d'autre clochait. Je venais d'apprendre qu'en France, Dominique et son copain amis venaient de se séparer et donc notre projet commun de monter un restaurant de plage ici tombait à l'eau et cela m'avait ébranlée.

La première nuit du carnaval nous l'avons passée ensemble puis il m'a dit que cela ne l'intéressait pas plus que cela, alors je pouvais continuer de faire la fête toutes les nuits, il ne viendrait plus avec moi. Douche froide. Mais il y avait autre chose, « anguille sous roche » me soufflait mon cœur et je voulais absolument savoir alors je l'ai tanné jusqu'à ce qu'il me dise ce qui s'était passé.

Plus cruelle encore fût la vérité

Quand il était revenu à Tenerife pour étudier début janvier, ce que je croyais, en fait il était parti avec Elena se reposer de son séjour fatigant de la fin d'année à La Gomera. Faire le boulanger toutes les nuits, plus la fête avec moi l'avait épuisé. Alors il était parti avec elle à La Palma. Je ne savais pas si c'était prémédité et je m'en moquais car pendant que moi je trouvais le temps long sans lui, il était dans les bras d'une autre (et pas n'importe quelle autre) et en train de prendre du bon temps.

Le sol semblait se dérober sous mes pieds mais j'étais incapable de parler. La Palma était l'île qu'il avait promis de me faire découvrir alors la trahison était totale : m'avoir fait croire qu'il rentrait étudier, avoir retrouvé son autre amour et être parti en vacances à l'endroit que nous devions découvrir ensemble. Après ce qu'il s'était passé pendant les fêtes de fin d'année, ce fut la goutte qui fit déborder le vase, je l'ai regardé le plus intensément que je pouvais puisque les mots ne sortaient pas et je suis partie.

Le carnaval

Je l'ai croisé plusieurs fois pendant le carnaval mais il était devenu comme un étranger, quelque chose s'était brisé en moi. La jalousie et la désillusion avaient fait leur travail ! Je l'évitais, je revenais dans la chambre quand je savais qu'il n'y était pas chercher quelques affaires. Je dormais ailleurs, j'ai eu des aventures et je faisais tout pour l'oublier et le faire souffrir. Je ne lui disais même pas où j'allais ni même où je dormais.

Un jour alors que je venais prendre des affaires, il y avait plein de monde dans sa chambrée, tous fumaient des joints, même lui alors que je savais qu'il n'aimait pas cela. Il m'avait juste demandé devant les autres ce que je pensais des personnes qui disparaissent comme cela du jour au lendemain sans rien dire. Je lui avais répondu qu'à ce moment précis je ne pensais plus ! Il s'était fait beaucoup de souci, je l'ai su plus tard, car pendant le carnaval beaucoup de choses peuvent se passer, il y a de la drogue, des gens peu scrupuleux et j'étais une proie idéale, cela il le savait.

Un matin au lieu de chercher à le revoir et de discuter comme des adultes, j'ai pris un peu plus d'affaires que d'habitude et je suis partie. La ville avait perdu le charme flamboyant qu'elle avait revêtu pendant les fêtes, elle était sale et triste. Le carnaval venait de se terminer et l'heure était au grand nettoyage alors j'ai pris le bateau et je suis allée sur l'île voisine pour continuer le carnaval. Quand il se termine sur Tenerife, il débute à Gran Canaria, puis sur une autre, génial, plus d'un mois de festivités cela me convenait parfaitement.

Il n'y avait que cela qui m'importait, faire la fête et ne plus penser, ne plus sentir le mal qui me rongeait et me détruisait à petit feu. J'en arrivais presque à oublier qui j'étais, je me métamorphosais, j'étais dans une mauvaise passe, en plein désarroi, j'avais de l'argent puisque mon projet n'existait plus alors je dépensais à tout va. Hôtels, restaurants, alcool et cocaïne aussi me permettaient de tenir debout. Je me sentais comme une étoile filante dans les lumières du carnaval et je n'avais qu'un but : m'anesthésier et ne plus penser à lui. Oublier était devenu mon maître mot ! Mais j'ai bien failli m'y perdre, j'ai été à un cheveu de partir pour l'Amérique du Sud. J'ai un temps fréquenté un bar où les filles passaient de la drogue, j'ai fait quelques virées avec elles dans le sud de l'île pour voir comment cela se passait. On m'a proposé de rester, je sentais l'étau se refermer peu à peu.

Un jour, je me suis regardée dans la glace, j'ai vu mes cernes et j'ai pris peur. De toute façon, on me demandait une réponse pour savoir ce que j'allais faire. J'avais vu beaucoup de choses, trop de choses alors le temps pressait, si je voulais partir d'ici il ne fallait pas traîner. Je me dirigeais vers le bateau quand j'ai entendu un gars m'appeler, pas par mon prénom parce qu'il ne le connaissait pas mais « Hé chica ». Je me suis retournée, sa tête me disait vaguement quelque chose. Il était mal habillé, il ressemblait à un vagabond et il m'a dit : « Je ne sais pas ce qu'il t'est arrivé, je n'ai rien à t'offrir mais si tu veux, viens avec moi, je t'emmène ! ». Je l'ai regardé d'un drôle d'air et puis je me suis souvenue, j'avais rencontré ce gars le premier jour de mon arrivée en descendant du bateau, il vendait à la sauvette des roses rouges sur le port de Santa Cruz et il nous avait accostés « Hé les amoureux une petite rose ? » Moisés lui en avait acheté une pour moi. Là, il n'y avait pas de roses rouges, plus de Moisés juste ce gars louche qui me proposait de le suivre. Il m'a dit encore : « Je n'ai rien à t'offrir, pas d'argent, si tu me suis tu devras payer pour moi mais je crois que tu ne dois pas rester ici.». Il traînait souvent sur le port et moi aussi. Alors peut-être avait-il vu ou entendu quelque chose ? De toute façon qu'avais-je à perdre ?

La fuite

Je me sentais perdue. Le carnaval était fini et je ne savais pas où aller et surtout je ne voulais pas revoir Moisés. Je ne voulais pas et je ne pouvais pas lui pardonner, il m'avait fait trop souffrir. L'édifice de notre amour fragilisé après les vacances de fin d'année s'était effondré après ce que moi je considérais comme une trahison et il ne restait pour moi que des ruines. Notre relation si belle, harmonieuse et intense n'existait plus. Je ne pouvais plus avoir confiance en lui, il m'avait tellement déçue et tellement meurtrie que je ne voulais plus le revoir.

J'aurais aimé disparaitre à jamais alors j'ai accepté la proposition d'Angel. Je l'ai installé en cachette dans ma chambre d'hôtel à Las Palmas et je suis revenue chercher le reste de mes affaires dans la chambre d'étudiant à Tenerife. Je ne connaissais pas les horaires de cours de Moisés et j'espérais juste qu'il ne travaillerait pas ce jour-là comme portier à la résidence. Ce n'était pas lui mais un de ses amis qui m'avait bien reconnue. Je revenais dans cette chambre si chère à mon cœur et qui me semblait soudain si étrangère comme si définitivement je n'avais plus rien à y faire. J'ai rassemblé rapidement mes affaires et je suis repartie. Il avait été prévenu que j'étais là et il courait pour me retrouver mais il est arrivé trop tard. J'ai loué une voiture, fait le tour des endroits que nous avions visités ensemble et j'ai repris le bateau.

Il y avait une lettre pour moi sur son bureau, donc il savait que je reviendrais :

« *Notre amour,*

Ce n'était plus le même qu'avant, les orgasmes se sont endormis tôt le matin et le reste s'est envolé avec le lever du jour. Au milieu de la tempête se lève cette vérité cruelle : le désir s'est refroidi, les projets et les rêves ont mis pied à terre. Les jours vécus restent derrière, les soupirs resteront prisonniers des murs et des toits telle la lumière des bougies que nous éteignons.

Les jours futurs affamés de nouvelles sensations et d'autres expériences se dressent entre nous. Les saisons ne s'arrêtent pas c'est pour cela que je ne veux pas être d'accord ni avec la fraîche odeur des fleurs du printemps, ni avec toi. Cependant les fleurs, le printemps et toi, je vous aime pour l'éternité. Ne t'arrête pas, ne me retiens pas ! Pour ma part, je continuerai à parcourir les rues de ce voyage.

Amour je t'aime et toi femme extraordinaire tu ne me comprendras pas non plus mais quand nous partirons voguer chacun sur des océans différents, je sourirai sincèrement et j'agiterai le mouchoir. »

Voilà, la désillusion était écrite là devant mes yeux noir sur blanc. La fin de notre histoire inondait mon cœur et sa cruelle vérité me mordait au visage. Je repensais aussi sans cesse à la phrase qu'il m'avait dite : « Je n'aurai pas envie d'être avec elle tant que tu seras là » et bien il allait pouvoir vivre son histoire avec elle puisque je n'étais plus là. Je ne pouvais pas concevoir que notre histoire s'arrête ainsi mais j'avais si mal qu'il me fallait fuir. Je me sentais idiote d'avoir cru à cet amour, imbécile de ne pas avoir vu toutes les différences qui nous séparaient et tellement bête d'avoir cru que pendant ces deux longues années il m'attendrait. Je venais de perdre beaucoup plus qu'un amour, une partie de moi était morte pendant le carnaval. Comme l'amour peut faire mal !

La chute

Mi vagabond, mi sorcier, je n'ai jamais su exactement qui tu étais Angel mais tu m'as bien aidée. Tu disais que rien ne te retenait que tu étais un amoureux de la liberté, sans aucune attache mais derrière tes yeux de miel se cachait une grande peine. Je ne sais pas ce qu'il t'était arrivé, nous n'en avons jamais parlé. Nous avions un contrat : je te suivais, j'achetais à manger, je payais les transports mais cela ne m'avait pas ruinée car on dormait dehors et la plupart du temps on voyageait à pied. Tu marchais pieds nus, tu n'inspirais pas confiance et à part quelques étrangers personne ne voulait nous prendre en stop. Tu étais un être égaré, blessé qui prétendait n'avoir besoin de rien pourtant tu avais besoin de moi.

Avec ton air déglingué, ton bâton et ta clochette à la cheville, on te prenait pour un sorcier et cela te plaisait. Combien de fois on m'a interpellée pour me dire de me méfier et pour me demander ce que je faisais avec toi et pourquoi je payais pour toi. Je répondais que tu m'avais sauvé la vie et que j'avais une dette envers toi. En fait c'était vrai. En quittant Las Palmas, nous sommes allés dans les montagnes dans une partie de l'île sans route avec des chemins vertigineux pour arriver dans des zones où presque personne ne vivait alors la descente pour moi avait été brutale. Plus d'alcool, plus de cocaïne, de la nourriture très frugale et plein de marche à pied. J'en ai bavé car j'en ai avalé des kilomètres et j'ai souffert aussi car j'ai le vertige. Une fois j'ai failli rester coincée au bord d'un précipice car le chemin était à pic et juste la largeur du pied pour passer mais de toute façon tu avançais et tu ne m'attendais pas. Alors j'avançais et je me disais puisque je risque de tomber et bien tant mieux, c'est peut être mon destin et mon heure qui sont arrivés. Dans ces moments ultimes, je n'avais plus peur et j'ai fait alors des choses que je n'aurais jamais cru être capable de faire. Tu étais très dur, tu ne me faisais pas de cadeau.

Un jour où j'avais le cafard, je suis montée seule tout en haut de la falaise, je me suis avancée sur un promontoire, sur le rocher le plus au-dessus du vide. J'ai fermé les yeux et je suis restée là debout pendant des heures. Je sentais le vent me faire vaciller et j'attendais le moment où une rafale un peu plus forte viendrait me prendre et me projeter en bas. Je n'avais plus envie de vivre et je n'attendais que cela : m'écraser sur la plage et ressentir l'ivresse de l'envol. Je ne sais pas combien de temps je suis restée ainsi, cela a dû durer des heures. Quand j'ai retrouvé mes esprits, j'ai vu le vide en dessous et je me suis mise à trembler. J'ai rebroussé le chemin à quatre pattes, j'étais brulée par le soleil mais je n'étais pas tombée. Ce n'était donc pas encore le bon moment. Puisque mon heure n'était pas venue et puisque je n'étais pas tombée, c'était pour moi un signe. Le temps de partir était arrivé.

Je repensais à Angel, il m'avait aidée en me permettant de partir de la ville où le danger me guettait et en me permettant de vivre cachée pendant plusieurs semaines.

J'avais rempli ma part de notre contrat mais je ne voulais plus le suivre et je ne voulais plus payer pour lui. J'avais décidé de le laisser et alors j'ai vu sa vraie nature, effectivement il était sorcier (j'avais trouvé dans ses affaires de drôles de choses pour faire des sortilèges). Je pensais aussi qu'il pouvait faire le mal si ce n'était plus lui qui dominait la situation car il avait piqué une violente crise de jalousie envers un gars avec qui j'avais sympathisé et l'avait agressé. En fait il ne voulait pas que je parte, forcément j'étais son porte-monnaie.

Cela avait été difficile de le quitter, il m'avait menacée, m'avait fait du chantage et avait même volé ma carte bleue mais j'étais moi aussi montée au créneau. Une nuit je lui avais pris ses baguettes de sorcier et ses amulettes et je les avais enterrées. Le matin suivant, il n'avait rien dit mais j'avais retrouvé ma carte bancaire sur mon sac à dos alors je lui avais rendu ses affaires et j'étais partie. Mais je n'étais pas tranquille, je me méfiais maintenant de lui et je ne désirais pas le recroiser, il me faisait peur. J'ai recommencé à voyager seule mais je suis restée à Gran Canaria sans jamais retourner à Las Palmas. A la fin de ce voyage, je l'ai aperçu de loin lors de certaines de mes pérégrinations, mais je connaissais son campement alors quand j'entendais sa clochette ou quand je voyais qu'il était dans les parages, je rebroussais vite chemin et je changeais mon itinéraire. Mon intuition me disait de le fuir, qu'il pouvait essayer de me faire du mal pour se venger de l'avoir laissé.

Cela faisait huit mois que j'étais là, la fin de ce voyage était arrivée, je le sentais. Alors j'ai contacté Moisés, je lui ai écrit, je lui ai raconté ce que j'avais vécu depuis que j'étais partie après le carnaval. Je lui ai donné l'adresse de l'endroit où je vivais. Il est venu, ce fut une grande émotion, de belles retrouvailles, nous nous sommes retrouvés tels que nous nous étions aimés. Nous sommes partis à notre tour dans les montagnes, on a revécu des beaux moments de complicité et d'amour. Nous n'avions plus besoin de parler pour nous comprendre et nous aimer. Tout était dit......... Nous étions en mai 1986, il m'avait fallu quatre mois pour comprendre que je ne pouvais pas l'emprisonner. Nous nous sommes quittés un matin au bord d'une route et cet amour est resté gravé dans nos cœurs à tout jamais.

Voilà ce fut une grande histoire, ce fut une belle histoire, ce fut notre histoire !

Me voici arrivée à la gare où, meurtrie après les récentes péripéties, je me suis assoupie et où je ne me suis pas méfiée tout en pressentant que cette étape m'était destinée. Elle ferait partie de mon chemin comme étant l'un des arrêts les plus importants et la personne qui allait prendre place ici dans le wagon à mes côtés était unique et allait lui aussi marquer à jamais ma vie.

L'amour revient toujours (intro)

Eté 1986. Assise seule au bord du rivage, devant l'océan de ma vie je contemplais l'horizon de mon avenir avec une pointe d'inquiétude. Après mon histoire aux Canaries, quand je suis rentrée j'étais bien chamboulée. Bien sûr en rentrant en France, j'avais décidé de repartir d'un bon pied dans une nouvelle vie mais c'est plus facile à dire qu'à faire.

Ce voyage peu commun restait gravé en moi. On ne peut pas tirer un trait et prendre une gomme magique quand il s'agit de l'une des plus belles histoires de notre vie. Mais je voulais aller de l'avant et l'amour a toujours été ce qui m'a fait avancer dans la vie. Alors j'ai repris ma vie de célibataire et à vrai dire je me croyais vaccinée pour un bon bout de temps contre toute histoire amoureuse qui poindrait le bout de son nez. Mais vous savez ce qu'on dit, il suffit de ne plus y croire et de vouloir le fuir pour qu'il revienne !

Oublier mon désarroi amoureux était mon but alors je sortais dans des soirées festives sans chercher de relation amoureuse sérieuse, juste profiter de l'instant. Là encore, il est arrivé sur la pointe des pieds et m'a surprise alors que je ne m'y attendais pas. Cela allait être la deuxième grande histoire d'amour de ma vie.

L'idylle

Il était comme moi, célibataire, libre et un tantinet intéressé par les histoires sans lendemain alors cela tombait très bien. On ne faisait que se croiser lors de nos soirées festives et un jour, est arrivé ce qui devait être programmé dans nos destinées.

On a vécu une belle et simple histoire, au commencement, je dirai en pointillés car peu de temps après notre rencontre il est parti travailler à l'étranger. On pourrait croire que là encore l'histoire se répète car la distance nous a rapprochés mais cette fois-ci elle n'a pas duré longtemps, juste trois mois. Moi j'étais amoureuse mais méfiante, c'était un bel homme, sexy, intelligent, il avait tout pour plaire peut être trop même alors j'étais sur mes gardes. Une petite lampe rouge restait en veille dans ma tête prête à se rallumer au moindre danger.

Je dirai qu'au début de notre relation il était plus amoureux que moi car je restais meurtrie de ma précédente histoire et j'avançais dans celle-ci à pas de velours. C'était quelqu'un qui avait un grand charisme mais aussi un beau parleur. Il avait la réputation d'être un tombeur alors je prenais notre relation un peu à la légère mais il s'en est rendu compte et cela ne lui a pas plu. En fait c'était un vrai passionné qui ne donnait jamais à moitié et quand il aimait ou vivait quelque chose, c'était à fond. Il donnait tout mais il exigeait tout aussi en retour, je m'en suis très vite aperçue mais il me plaisait aussi beaucoup alors j'ai un peu baissé la garde.

A son retour de l'étranger, nous avons entrepris un voyage mais ce n'était pas celui dont j'avais rêvé ni celui que j'avais envisagé. Nous devions partir tous les deux en amoureux et nous avions prévu Les Antilles mais je ne sais pourquoi, il s'est mis en tête de partir à trois avec une autre copine, dans un pays qui ne me plaisait pas plus que cela : La Jamaïque. Je n'étais pas trop partante mais ils ont réussi à me convaincre parce que c'était des amoureux du reggae. « Terre de musique, paradis du reggae » m'ont vanté mes amis alors je me suis laissé embarquer. Nous voilà donc partis pour cette terre musicale mais cela ne s'est pas déroulé comme prévu.

Voici venue l'heure de ce voyage

Mauvaise rencontre

Dans le long voyage de ma destinée, cette gare fait partie de celles qu'on aurait bien aimé passer sans que le train s'arrête. Une vraie voie de garage mais certaines stations semblent des passages obligés sans que l'on sache pourquoi le destin nous a fait passer par là et pourquoi la vie nous a imposé l'arrêt à cette gare.

L'arrivée

Nouvel An 1987 à Londres, vol charter jusqu'à Kingston et le deux janvier, nous sommes passés du froid londonien à la chaleur suffocante des tropiques. La mer et le soleil étaient au rendez-vous mais l'ambiance était bizarre, lourde comme le temps avec ses orages soudains, violents et tonitruants qui nous tombaient dessus au dépourvu. Ambiance tendue et électrique entre nous aussi comme si ce voyage à trois ne s'annonçait pas bien.

Une première nuit très onéreuse pour nous dans un hôtel luxueux, on n'avait pas eu le choix, on débarquait et on était assez pommé, c'était soit le luxe, soit les bidonvilles. Kingston est une ville immense, impressionnante, grouillante, on ne se sentait pas en sécurité et on avait peur de voir fondre notre argent comme neige au soleil. Alors nous avons visité le musée Marley bien sûr puis le centre, son magnifique marché mais on voulait partir de la capitale rapidement. A Kingston, nous avions rencontré un gars, genre guide local, qui vous aborde dans la rue et ne vous lâche plus qui nous avait proposé un plan pour dormir chez l'habitant mais c'était un piège. On a accepté et une fois qu'on a été logé chez ce copain, le guide nous a demandé une somme astronomique pour le fait de nous avoir permis de pouvoir nous loger à moindre coût. C'était cela ou il menaçait de nous faire suivre, voire pire et dans une ville comme celle-là mieux valait se méfier car on ne savait pas exactement où on avait posé les pieds. On lui a donné pas loin de trois cents dollars après des heures de négociations pour qu'il nous laisse tranquille.

Ishu chez qui nous logions n'était pas un mauvais gars, il cherchait des plans comme tous les jamaïcains peu fortunés. Il était lui-même hébergé par une tante qui vivait au Canada et dans l'appartement il y avait aussi une jeune femme avec un enfant. On dormait à trois dans sa chambre, un vrai campement et on devait se cacher la journée car on était dans un quartier où les blancs n'étaient pas les bienvenus. On a supporté ces contraintes quelques jours mais on n'était pas venu en voyage pour se cacher et on devait sortir avec des précautions pires que si on était des criminels recherchés. On n'a pas eu beaucoup le temps de se poser des questions car une nuit, branle-bas de combat. La fameuse tante du Canada ayant appris que des blancs logeaient chez elle avait débarqué exprès pour nous virer à corps et à cris en pleine nuit.

Le pauvre Ishu s'est retrouvé lui aussi viré et là, on était vraiment mal pour lui car nous, nous n'étions que de passage en Jamaïque mais lui, il perdait son logement et dans ce pays c'est beaucoup dire. Il s'est retrouvé dans la rue avec nous, il nous a alors emmené chez un couple de personnes âgées qu'il connaissait et qui vivait dans une petite maison pas trop loin de la capitale, à Spanish Town. On y a été très bien reçu même si c'était très modeste, on logeait dans un cabanon au fond du jardin. Ils étaient adorables et aussi très tristes pour lui qui avait perdu son logement à Kingston. Ils ne le disaient pas mais on sentait leur inquiétude alors forcément on culpabilisait nous aussi. Nous sommes restés quelques jours, on faisait tout pour les aider, on sortait avec Ishu, on payait pour lui quand il nous accompagnait. Mr et Mrs Read étaient des anges gardiens pour nous et Ishu un vrai guide, gentil, chaleureux. Ils habitaient dans la grande banlieue, une petite maison refaite et ils aimaient nous montrer leur habitation avec tout le confort moderne et ce qui était amusant c'est qu'ils étaient très fiers de leur belle salle de bains avec baignoire, WC sauf qu'elle ne risquait pas de se salir car il n'y avait pas l'eau courante.

Nous avons quitté momentanément notre ami en lui donnant un peu d'argent, nous étions vraiment malheureux pour lui. Mais que pouvons-nous faire ? Nous lui avons proposé de nous retrouver plus tard dans ce voyage mais tout cela n'était que des solutions provisoires car bientôt nous allions repartir mais pas lui.

Le clash

Sur l'île tout le monde nous parlait de Monte Negro et de Negril. Mais on n'était pas venu pour aller dans les stations balnéaires ni pour faire de la plongée et surtout on n'avait pas les moyens financiers de la plupart des touristes américains qui venaient ici. Alors on évitait les complexes touristiques sauf pour se payer de bons petits déjeuners ou se laver. On était venu chercher un autre voyage et on avait besoin d'autres solutions pour se loger mais un garçon avec deux filles, sans trop de moyens on était accueilli parfois bizarrement.

Ce périple à trois me mettait mal à l'aise et l'ambiance un peu angoissante de ce pays où il faut toujours être sur le qui-vive se rajoutait à l'électricité qu'il y avait entre moi et mon compagnon. Je ne retrouvais pas vraiment l'homme amoureux que j'avais connu avant de partir, je regrettais déjà d'avoir cédé pour ce voyage à trois et d'avoir changé notre destination. Après trois semaines de voyage mouvementé, je n'ai pas supporté la tension, il y a eu un court-circuit, le câble a fondu et nous nous sommes séparés. On a décidé alors de poursuivre ce voyage différemment. Moi je continuerais mon périple avec Muriel au début puis seule mais pas rassurée car là-bas ce n'est pas un pays facile, beaucoup de violence et de racisme aussi et lui voyagerait de son côté. J'en avais gros sur le cœur et j'ai eu un petit passage à vide au moment de notre séparation, qui faisait remonter certaines choses douloureuses pas si lointaines encore.

Nous avons alors continué ce voyage entre filles. Trois semaines à visiter l'île mais surtout à assister à des fêtes de reggae jusqu'à l'aube, nous ne sommes pas ennuyées et c'est vrai que pour la musique, c'est un pays génial. J'ai vu les plus grands musiciens de reggae des années 1980, Peter Tosh, Judy Mowat, Gregory Issac, Freddy Mc Gregor faisaient partie de mes préférés. Partout on pouvait sentir l'influence de cette musique mais aussi que le mouvement rastafari n'était pas apprécié de tous. Les rastas n'étaient pas toujours bien accueillis. Presque toutes les nuits, il y avait des fêtes soit des concerts « live » de gens connus soit des nuits musicales avec un mix de toutes sortes de chanteurs connus et moins connus aussi. Mais toujours une folle ambiance et cela ne se terminait qu'au lever du soleil. Et quand ce n'était pas les concerts en plein air, c'était d'autres nuits musicales avec du son qui déchirait la nuit. Les sound systems se déplaçaient avec les foules et le public était toujours présent, motivé, dynamique. Il faut aller dans ce pays pour comprendre ce que danser veut dire.

La musique est partout là-bas ! C'est vrai que musicalement c'était un voyage réussi, on avait 29 ans, l'envie de faire la fête et on en prenait plein les yeux et plein les oreilles, je crois que je rêvais même reggae. Je suis revenue avec un tas de cassettes audio, oui en 1987 pas de CD mais il y avait des échoppes à tous les coins de rue. On pouvait se faire enregistrer tout ce qu'on voulait, alors on passait des heures à écouter, à discuter musique et nous repartions comblées. Il ne fallait pas être trop exigeant sur la qualité du son mais sinon c'était extra. Nous avons découvert des magasins de musiques vraiment les plus atypiques qu'il puisse exister, il y en avait partout même dans les villages reculés. S'il y avait de l'électricité alors il y avait de la musique. J'ai lu que le reggae était un cadeau que faisait La Jamaïque au monde, c'était tout à fait cela. Moi j'avais vu Bob Marley en 1982 en France, j'en étais à mes débuts de connaissance dans cette culture musicale alors là, je la découvrais vraiment.

Chaque paradis a dans ses attraits une face cachée

C'est un beau pays aussi pour toutes les couleurs dans la végétation essentiellement et surtout dans les tenues des femmes. Pour les chanteuses, leurs costumes de scène étaient un festival ambulant, une vraie explosion de couleurs et dans la vie courante même quand elles ont peu de moyens, les femmes ont le goût des couleurs et des assemblages les plus hétéroclites. Les dimanches étaient toujours jours de fête et jours de messe alors jusqu'aux petites filles, tout le monde était sur son trente et un et c'était un régal pour nos yeux. De beaux paysages aussi, de magnifiques cascades, des lagons avec la mer cristalline mais pas de choses exceptionnelles à voir ni à visiter comme lors de mon précédent voyage en Inde.

Nous évitions les hôtels et les lodges car c'est en fait très cher mais sortir des sentiers battus et éviter les complexes touristiques ne sont pas chose facile. En voyageant à deux filles de cette façon, on se faisait remarquer, ça c'est sûr. On nous posait beaucoup de questions, parfois on se retrouvait avec des propositions d'hébergement plus que douteuses. Il y avait souvent des sous-entendus assez lourds alors quand les plans drague se faisaient plus pressants, on faisait croire qu'on était en couple, on s'embrassait et on dormait dans le même lit. Cela refroidissait en général l'ardeur des mecs entreprenants et nous on rigolait sous cape. Il ne nous est rien arrivé de fâcheux, on a eu de la chance car on prenait vraiment des risques.

Avec Muriel nous avons trouvé de bons plans, comme se faire héberger par des familles souvent très nombreuses qui étaient contentes de gagner un peu d'argent. Les enfants nous adoraient et se disputaient pour nous coiffer. Les cheveux raides les fascinent, ils adorent et ils voulaient tous nous faire belles, enfin selon eux avec les cheveux bien plaqués sur le crâne, tout ce que nous on n'aimait pas mais on se laissait faire. Quand on était bien accueilli on ne repartait pas sans faire de petits cadeaux, on était venu avec plein de petites choses à offrir, des bijoux fantaisie, des échantillons de parfum, quelques laguioles et opinels ainsi que des briquets rechargeables.

Nous n'avons pas croisé beaucoup de voyageurs comme nous. Nous nous sommes aventurées un peu à l'intérieur de l'île mais il fallait être prudent car les blancs ne sont pas forcément les bienvenus. Dans les endroits les plus reculés, il y a des plantations cachées de cannabis et les producteurs ont toujours peur que l''on soit des indics venus repérer les cultures pour les dénoncer ensuite donc la méfiance est de mise. Dans une partie de l'île où se sont réfugiés autrefois les « marrons » qui s'échappaient des plantations de canne à sucre, les blancs sont carrément mal vus et on sent très vite le reste de haine raciale. Il faut être courageux ou imprudent pour s'aventurer seul dans cette partie de l'île et il vaut mieux parfois rebrousser chemin car certains endroits sont de vrais coupe-gorges.

Le danger rôde

De belles balades et de belles rencontres aussi, le sens de la famille est très fort là-bas. Mais comme toutes les bonnes choses ont une fin, j'ai raccompagné Muriel à l'aéroport car elle devait reprendre le boulot et cette fois-ci c'est vraiment seule que j'ai continué mon voyage. J'avoue que je n'étais pas très fière et dans mes petits souliers quand je suis ressortie de l'aéroport mais je n'avais pas vraiment le choix. Mon ex compagnon voyageait aussi de son côté et notre billet de retour n'était prévu que début mai. Il en restait des semaines à venir.

La Jamaïque n'est pas un pays facile. La plupart des visiteurs sont des touristes américains, c'est à une heure de vol de Miami alors ils viennent avec pas mal d'argent passer une semaine ou deux et ne sortent pas beaucoup des grands complexes sauf accompagnés de guides. Il ne faut pas oublier qu'on est en 1987, c'est un pays où il y a beaucoup de violence et de répression. La police circule partout et les gens la craignent. Le racisme est très présent aussi envers les blancs et il suffit juste d'être de peau blanche pour se faire humilier. Un jour je me suis fait insulter sans raison alors que je traversais la rue : l'injustice de peau est une grande leçon d'humilité qui vous fait réfléchir.

Avec Muriel, nous avions fait la connaissance de deux Jamaïcains qui tenaient une échoppe dans le marché d'Ocho Rios dans le nord de l'île. L'un d'eux était un poète rasta qui était devenu mon ami. L'écriture nous avait rapprochés et il m'avait présenté un ou deux de ses amis poètes. Je dormais parfois chez eux dans leur boutique minuscule, un bouiboui fait de planches et de tôles au milieu du marché. Le soir, quand le marché se vidait, les allées devenaient le domaine des rats qui sortaient dès qu'il n'y avait plus de bruit alors les couchettes étaient faites de planches hors sol. C'était pour éviter que les rongeurs ne viennent vous chatouiller les pieds la nuit. Pas rassurant penserez-vous mais moi je me sentais en sécurité avec eux, mes amis bien sûr pas les rats. Une fois, ceux-ci avaient grignoté la poche de mon sac à dos où il y avait une savonnette, elle devait avoir bon goût car le matin il n'en restait pas un copeau. Il y avait des douches dans un bâtiment au milieu du marché mais c'était réservé aux gens qui vivaient là. Les femmes blanches étaient mal accueillies ici et souvent on me disait d'aller voir ailleurs.

Alors j'allais et je venais sur l'île mais je n'étais pas à l'aise dans ce pays et surtout, je n'avais pas choisi de voyager là-bas seule. Certains jours je venais retrouver mes deux amis surtout pour me reposer d'un voyage fatigant. Un soir, Alenzo m'a dit que je ne pouvais plus revenir dans le marché et qu'il fallait que je quitte cet endroit, car c'était maintenant trop risqué. La semaine précédente, alors que j'étais avec eux à l'échoppe il y avait eu un mouvement de foule et une rixe, des policiers avaient abattu en plein milieu du marché un homme qui soi-disant volait. En fait, ils cherchaient à le coincer pour la drogue depuis un moment et ce jour-là, ils n'ont pas hésité. De plus, le bruit circulait qu'une blanche vivait dans le marché et ce n'était pas bien perçu, du moins mes amis ne le vivaient pas bien. Alors bye-bye Ocho Rios.

Dans la gueule du loup

Comme je ne pouvais plus venir au marché, Alenzo m'a proposé de partir à Kingston quelques jours avec lui. Il y avait un concert organisé par les musiciens de Marley et on pouvait lui prêter une maison dans la banlieue. J'allais y découvrir que la violence n'était pas qu'à Ocho Rios. A l'aube qui suivit ce concert, ce fut la deuxième fois où je vis un homme se faire abattre dans la rue. Il marchait juste devant nous, une voiture est arrivée en trombe, des coups de freins, une portière s'est ouverte, des coups de feu ont retenti et il est tombé. En Jamaïque le crime est facile.

Un soir, nous nous promenions dans le quartier autour de la maison qu'on lui avait prêtée, c'était tranquille, des petites maisonnettes individuelles avec des jardinets. Il ne faisait pas trop chaud c'était agréable à la tombée de la nuit, le quartier était calme, cela nous changeait du tumulte d'Ocho Rios. Alors que nous passions devant l'une d'elle, une voix nous a interpellés, je ne distinguais que la silhouette corpulente d'une femme dans la pénombre, elle était dans son jardin et tournait le dos à la lumière mais elle avait une voix avenante. Comme presque à chaque fois que nous voyagions ensemble, des gens nous interpellaient pour savoir d'où je venais, ce que je faisais en Jamaïque, depuis combien de temps nous étions ensemble, si nous étions mariés….. Alors rien ne m'a surprise sur le moment. Elle nous a parlé longtemps et pendant ce temps, je n'ai pas vu ni même senti qu'elle avait pris ma main dans les siennes. C'est au moment de prendre congé que je m'en suis aperçue et lorsque j'ai voulu me dégager, elle s'est retournée vers le lampadaire. Elle avait un regard vraiment étrange, des yeux verts où se reflétait la lumière, j'aurais pu croire qu'ils me souriaient mais ils me fixaient et me dévisageaient comme si ils me déshabillaient. Plus je la regardais et plus ses yeux me mettaient mal à l'aise mais je ne savais pas pourquoi. Je me suis dit que c'était un effet du reflet du réverbère, mais j'étais troublée.

Nous avons continué notre promenade et nous nous sommes arrêtés dans un bar où il y avait de la musique, mais je ne me sentais pas bien. Nous étions sous les tropiques fin avril et je frissonnais comme si j'avais la grippe et je tremblais. Alenzo l'a remarqué aussi et m'a demandé ce que j'avais. Je ne savais pas quoi répondre mais je lui ai demandé si nous pouvions rentrer car je ne sentais pas bien et aussi si nous pouvions prendre un autre chemin car je ne voulais pas repasser devant la maison de cette femme. Il m'a regardée d'une étrange façon et soudain m'a demandé pourquoi j'avais donné ma main à cette femme. Je lui ai répondu que je n'en savais rien alors il s'est énervé et m'a dit : « ta main gauche est le reflet de ton âme et celui à qui tu la donnes peut lire en toi », tu n'aurais jamais dû lui donner ta main. Mais comment aurais-je pu le savoir ? Et puis je n'avais rien vu quand cela s'était passé !

Comme je le lui avais demandé, nous sommes rentrés par un autre chemin mais nous étions à peine arrivés à la maison qu'une rafale de vent a balayé la terrasse et a fait claquer les volets qui n'étaient pas attachés puisque le temps était très beau. On se serait cru dans un mauvais film. J'avais peur, nous nous sommes regardés et Alenzo m'a demandé alors ce que je connaissais à la magie. Je lui ai répondu que je n'y connaissais rien car je ne comprenais rien à ce qui se passait mais j'étais effrayée et je me suis mise à pleurer. Je lui ai demandé de tout fermer, fenêtres, portes, volets et on a décidé d'attendre sans plus rien faire. Je me suis assise car j'avais la tête qui tournait, je tremblais et je sentais que quelque chose allait arriver. Il m'a regardée intensément, puis il a compris sans doute ce qui allait se passer car soudain il s'est précipité sur moi et m'a secouée par les épaules en me suppliant de ne pas m'endormir. Je l'entendais mais il me semblait loin, c'était trop tard, quelque chose de puissant m'attirait inexorablement et me tirait en arrière, c'était si fort que je ne pouvais pas résister.

Je voulais garder les yeux ouverts et lutter mais je ne pouvais pas, on m'entraînait, je suis tombée à la renverse et ce fut le trou noir……. Quand je me suis réveillée, tout était calme, le soleil éclairait la maison, j'étais allongée sur le lit mais j'étais trempée de sueur et je ne me souvenais de rien. Alenzo était à mon chevet, il avait les traits tirés et semblait très fatigué. Il m'a dit que j'avais déliré toute la nuit, que je m'étais débattue et que pendant tout ce temps il avait eu peur pour moi.

Je n'ai jamais su ce qui m'était arrivé cette nuit-là, pour me rassurer je me disais : « puisque je me suis réveillée en bonne santé, tout va bien » mais je sentais bien que cette femme était liée à cela. Quelques jours plus tard, je lui ai demandé si nous pouvions repasser devant chez elle. J'essayais et j'avais envie de comprendre, elle était bien là sur sa terrasse, elle nous a vus et nous a reconnus, j'en suis sûre mais cette fois-ci elle n'a pas cherché à nous parler, elle nous a purement et simplement ignorés. Je ne pouvais que trouver cela étrange, je ne l'intéressais plus on aurait dit.

Alenzo était devenu différent, il semblait s'éloigner de moi et je crois que ce qui était survenu cette nuit-là lui avait fait peur. Nous nous sommes séparés, le cœur n'y était plus et l'insouciance des jours heureux avait disparu. Lui ne semblait plus avoir envie d'être avec moi, il me regardait étrangement, sa jovialité s'était muée en méfiance. Il était devenu taciturne et je ne reconnaissais plus mon ami qui me faisait rire.

J'ai pris alors la décision de rentrer. J'ai repris l'avion seule mais il y avait en moi une autre solitude bien plus grande. Dans ce pays j'avais perdu le petit ami avec qui j'étais venu et j'avais aussi perdu celui que j'avais rencontré ici mais est-ce que je ne m'étais pas perdue moi-même ? Je me suis longtemps demandée ce que cette femme avait pu me vouloir mais c'était tellement un épisode que j'avais envie d'oublier que je ne voulais plus y penser maintenant que mon voyage était terminé. Je suis rentrée en France, mais en regardant par le hublot de l'avion cette île s'éloigner, j'ai ressenti quelque chose d'étrange comme si j'étais liée à elle, comme si un fil invisible me retenait ici.

L'amour revient toujours (suite)

Quelques mois après mon retour en France en mai 1987, je l'ai revu, nous nous sommes mis à nous croiser de nouveau dans des soirées, nous n'habitions qu'à trente kilomètres l'un de l'autre et nous avons repris notre histoire amoureuse là où nous l'avions laissée. Pourtant nous savions que ce ne serait pas simple, La Jamaïque nous l'avait prouvé. On avait des caractères opposés très forts mais il y avait aussi et surtout cette attirance très forte presque magnétique qu'on n'arrivait pas à repousser. Nous étions malgré nos différences attirés l'un vers l'autre comme des aimants et nous étions encore très amoureux. L'amour me suivait, me poursuivait pourrait-on dire et aussi me perdait. Cela allait-il continuer ?

L'amour-fusion

Le goût des voyages ne m'avait pas lâchée pour autant, j'avais décidé de reprendre des études à la faculté de Toulouse et qui sait, pourquoi ne pas repartir en Espagne ou aux Iles Canaries pour y enseigner le français. J'avais gardé de mon précédent séjour mon goût pour la langue espagnole, pour la culture hispanique et aussi le désir de vivre ailleurs qu'en France. Mais surtout je ne voulais pas refaire la même erreur et ne pas programmer les choses dans le temps ni me projeter dans notre relation. Étant étudiante à Toulouse, je ne rentrais que les fins de semaine. On se voyait tous les week-ends, c'était intense et un bon compromis pour nous deux qui aimions aussi notre indépendance. Nous avions compris avec le voyage en Jamaïque qu'être trop l'un sur l'autre ne nous réussissait pas.

On a vécu ainsi pendant trois ans, le temps de mes études et cela se passait très bien. On avait chacun un bout de vie en célibataire et on se retrouvait pour le plaisir et uniquement pour cela donc pas de contrainte, pas de monotonie. Chaque lundi était comme un nouveau départ et chaque week-end comme une nouvelle découverte de l'autre. On se touchait et on s'émerveillait du corps de l'autre comme si on ne s'était pas vu depuis une éternité. C'était étrange pour moi ce genre de relation fusion mais lui semblait parfaitement à l'aise dans cette vision de l'amour. Quand il repartait je n'avais qu'une hâte, c'était que le week-end suivant arrive le plus vite possible. J'éprouvais quelque chose d'étrange et de nouveau pour moi, une sorte de fascination pour cet homme et je suis sûre que c'était réciproque. Il y avait entre nous comme une évidence, celle de s'être enfin trouvé après s'être tant cherché. Nos corps se comprenaient sans parole et mon cœur se mettait à vibrer à l'unisson avec le sien. J'avoue que c'était magique.

Les week-ends, les semaines, les mois et même les années ont défilé. J'étais heureuse, j'étais amoureuse, c'était une relation intense, fusionnelle et passionnelle comme je n'en avais encore jamais vécu. La passion avec tous ses aléas a envahi ma vie, je devrais dire est devenue ma vie. Quand nous nous retrouvions, nous ne faisions plus qu'un, on faisait alors TOUT ensemble, on vivait TOUT ensemble, cette osmose me submergeait et m'aveuglait aussi. Je n'ai pas vu le danger arriver ni le piège s'ouvrir et je ne me suis pas rendu tout de suite compte qu'en fait je ne vivais plus que pour lui et surtout que par lui.

C'était un homme très intéressant avec beaucoup de connaissances et énormément de relations. Nous recevions beaucoup et j'étais admirative de son cercle d'amis. Je les aimais bien alors je me suis mise à les fréquenter moi aussi. Cela me semblait normal puisque c'est moi qui étais venue habiter chez lui mais pendant ce temps-là, mon propre cercle d'amis se réduisait peu à peu à peau de chagrin.

Le venin de la passion

Nous avions organisé une grande fête pour mes trente ans, tous mes amis y étaient invités et étaient venus, ce fut une très belle soirée avec nos amis à tous les deux. Mes anciens amis, allais-je dire bientôt, ne vivaient pas très loin mais je me suis mise à les voir de moins en moins. Je pensais que c'était à cause de la distance mais ce n'était pas la vraie raison.

Un jour j'avais croisé une copine et lui avait fait remarquer que je ne la voyais pas souvent, elle m'avait alors rétorqué : « Venir chez toi n'est pas vraiment un plaisir, avec ton mec qui sait tout, on se sent pris pour des nulles. » Cela m'avait interloquée à tel point que je n'avais pas su quoi lui répondre mais cela m'avait travaillée et avait réveillé quelque chose en moi. Elle avait ajouté : « Il prend toute la place et tu ne le vois même pas ». Elle était célibataire et je pensais qu'en fait elle était jalouse de ma relation. Je ne m'en suis pas préoccupée plus que cela et puis vous savez bien que lorsqu'on est amoureux on ne voit pas les choses de la même façon qu'elles nous apparaissent plus tard.

Des mois plus tard, un autre de mes amis, Michel, était venu à la maison, j'étais seule et on avait pu discuter tranquillement. A un moment il m'avait regardé.

– Est-ce que je peux te dire quelque chose ?

– Bien sûr.

Alors il m'avait dit que j'avais changé, que j'avais perdu mon entrain et aussi ma joie de vivre, que j'étais selon lui devenue transparente. Il avait ajouté avant de partir.

– Tu es comme une bougie en train de s'éteindre. Réveille-toi avant qu'il ne soit trop tard.

C'était mon meilleur ami, ce fut un choc pour moi. Mais j'ai vite oublié cet épisode car j'avais autre chose à faire, mon bonheur me prenait tout mon temps et ma relation amoureuse mangeait tout l'espace.

La fin de mes études est arrivée alors le plus naturellement du monde, nous nous sommes mis à vivre ensemble à temps plein si je peux dire puisque je n'avais plus mon appartement à Toulouse. Ce n'était pas facile tous les jours car à ce moment-là mon compagnon démarrait son entreprise et on n'avait pas beaucoup d'argent mais on y arrivait. Quand on est amoureux on peut se priver de bien des choses. Ce qui comptait le plus pour moi était NOUS et nous étions toujours aussi amoureux et aussi fusionnels. Quand on était tous les deux il y avait comme une bulle protectrice qui m'enveloppait et qui semblait me protéger de tout. Avec lui je me sentais invincible et intouchable, je pensais que rien ne pouvait m'arriver et que rien ne pourrait altérer ce bonheur. J'étais effectivement dans ma bulle mais pas dans celle que j'imaginais.

Quelques mois plus tard, nous avons décidé de fonder une famille, cela faisait quatre ans qu'on était ensemble et c'était un projet qui nous tenait à cœur à tous les deux. C'est alors que j'étais enceinte que les choses ont commencé à changer. Je me suis rendue compte que tous ses amis venaient surtout à la maison pour faire la fête et moi qui ne buvais plus d'alcool je remarquais tout à coup que toute la sphère dans laquelle j'évoluais ne semblait tourner qu'autour de cela, boire et faire la fête. Je n'en pouvais plus d'avoir toujours du monde à la maison, de faire à manger pour ceux qui restaient et parfois de nous mettre à table à vingt-deux heures. Je rêvais de complicité avec mon amoureux, de moments simples à partager. Notre enfant grandissait dans mon ventre mais je me sentais de plus en plus seule. J'ai pensé que c'était une lubie de femme enceinte et que toutes les femmes doivent ressentir cela. A cause de la grossesse, on voit les choses autrement, nos préoccupations ne sont plus les mêmes et ce qui avait pu nous plaire avant nous semble soudain désuet. Mais j'avais autre chose à faire que de chercher des failles dans notre amour et des brèches dans notre histoire.

Quand j'en étais au sixième mois, nous avons eu une violente dispute, je lui reprochais de rentrer tard, de n'avoir pas de temps pour moi, de se consacrer trop à ses amis et pas assez à sa famille. Il n'a pas du tout apprécié, il pouvait être colérique et capable de s'emporter violemment. Je l'avais déjà vu en colère mais jamais comme ce soir-là. Ses mots étaient durs, j'avais la sensibilité exacerbée par les hormones de grossesse alors je suis partie me réfugier en pleurant dans notre chambre à l'étage mais il n'était pas du genre à lâcher prise. Quand il avait quelque chose en tête, il ne laissait jamais tomber, il m'a suivie et la dispute a continué et est montée d'un cran. A un moment il y a eu une bousculade et je suis tombée dans les escaliers. La fissure venait de lézarder notre belle histoire mais que pouvais-je faire ? Que devais-je faire ? J'étais enceinte de six mois. Je n'ai pas eu de complications de grossesse mais je ne pouvais pas oublier ce qui s'était passé. Je ne voulais pas non plus partir, j'étais perdue, je sentais bien le danger mais je ne savais pas comment l'aborder ni comment le gérer alors je suis restée.

La fragilité du bonheur

Robin est né et ce fut un grand bonheur, il était adorable, si beau et ressemblait comme deux gouttes d'eau à son père. On aurait dit que la génétique avait oublié d'inscrire que j'étais sa mère. J'étais une maman fatiguée mais comblée, le papa aussi était heureux et il faisait des efforts pour être présent et attentionné. Il m'aidait pour les soins du bébé du moins quand il était disponible et me secondait aussi quand les nuits étaient difficiles. Mais cela n'a pas duré très longtemps. Il travaillait beaucoup, le week-end il continuait ses activités sportives et récréatives pour décompresser et les nuits comme il était fatigué par son travail, c'était moi qui me levais la plupart du temps.

Je me sentais souvent seule et j'essayais de le lui dire mais il avait toujours toutes sortes d'excuses pour démonter mes arguments et me prouver qu'il n'y pouvait rien. Son travail était prenant alors quand il avait vu du monde toute la journée, oui le soir il reconnaissait qu'il n'avait pas forcément envie de parler mais moi j'avais besoin de le voir, de lui parler, de faire des choses avec lui. Il faut dire que depuis la fin de mes études à Toulouse, je n'avais plus beaucoup de vie personnelle. On habitait à la campagne, mes études n'avaient pas débouché sur un boulot car nous ne pouvions pas bouger dans une grande ville à cause de son métier et je m'ennuyais.

On me disait que je faisais un baby blues mais il y avait autre chose qui sourdait en moi. Je n'avais pas voulu un enfant pour moi toute seule et j'avais l'impression que depuis que nous vivions ensemble je le voyais encore moins qu'avant. Ce n'était pas pour moi le but d'une vie commune mais c'était la réalité car lorsqu'on ne se voyait que le weekend, c'était intense et on avait plein de choses à se raconter mais là le quotidien était en train de nous rattraper et de me ronger.

Je devenais vraiment comme la bougie en train de s'éteindre, je sentais ma flamme intérieure vaciller et cette phrase prononcée par Michel me hantait. La désillusion avait commencé à me grignoter de l'intérieur. J'avais l'impression d'avoir perdu mon compagnon et de ne plus partager avec lui que le sexe. Nous avons commencé à ressentir les côtés pervers de cette passion. Nous étions toujours sur le qui-vive, la tension montait, les hauts et les bas avec leur puissance incommensurable et son intransigeance avaient supplanté le sentiment amoureux. On se disputait de plus en plus souvent, il disait que c'était de ma faute que c'était moi qui le poussais à bout et le mettais en colère. Peut-être était-ce vrai ? J'avais évidemment une part de responsabilité dans ce qui nous arrivait car on ne se met pas en colère tout seul ni sans raison. De plus je commençais à vivre mal ses colères et surtout le fait qu'il me parle mal. Ses paroles devenaient acerbes et injustes, il me reprochait d'être jalouse de lui, de ne rien faire de ma vie, de ne pas avoir de travail alors que si je n'en avais pas trouvé, c'était parce que lui ne pouvait par partir et que pour lui j'avais renoncé à mes projets.

Je me sentais prise au piège, je n'étais plus heureuse, je voulais partir mais je n'y arrivais pas à cause de notre enfant. Je me sentais coupable de quitter mon concubin alors que notre fils n'avait rien demandé. Comment pouvais-je lui infliger la séparation avec son père ? Je commençais à ne pas me sentir bien du tout et lui au lieu de m'aider, il m'enfonçait en disant que c'est moi qui avais voulu un enfant, que je n'étais jamais contente. Je trouvais cela vraiment injuste car on l'avait désiré et décidé à deux mais dans ces moments-là, il semblait l'oublier.

Je voulais le quitter mais à chaque fois que j'évoquais le sujet il montait sur ses grands chevaux et menaçait de me laisser sans rien. D'ailleurs, il me disait que je n'avais rien, que je n'étais rien sans lui. Oui c'est vrai, où étaient mes amis de ma vie d'avant ? Je me retrouvais coincée dans cette bulle que j'avais tant aimée mais qui aujourd'hui était devenue une prison de verre. Une bulle à laquelle il n'y avait pas de porte, le seul moyen d'en sortir était de la faire éclater. Cela m'a pris deux années.

La fuite

Notre vie de couple était devenue un enfer. Les disputes s'enchainaient presque plus vite que les jours se lèvent, les bons moments devenaient de plus en plus rares. Pourtant de l'extérieur rien ne se voyait, on donnait le change. Sur les photos on était toujours souriant et on aurait pu croire à la petite famille parfaite. Mais en réalité c'était un bonheur factice, la vitrine pour les autres, en fait je n'étais plus que l'ombre de moi-même et je fondais à vue d'œil car je n'en pouvais plus de cette vie de montagnes russes. Je m'y perdais dans le tourbillon des hauts et des bas.

J'étais déjà partie deux fois faire un break chez une copine (j'en avais au moins une qui était mon alliée) mais à chaque fois, il était revenu me chercher. Il m'avait même emmenée en voyage surprise avec Robin mais cela n'avait rien changé. Mon cœur se refermait petit à petit, je devenais froide et distante car au fond de moi j'avais pris ma décision même si je ne voulais pas encore me l'admettre. Alors il oscillait entre douceur pour m'amadouer, promesse de mariage et menaces pour m'obliger à revenir. Il me disait aussi qu'il ne pourrait pas survivre sans moi. Déjà que j'étais fragile, dans ces moments-là, je ne savais plus à quel saint me vouer et je culpabilisais. Alors j'avais peur et je revenais mais il était bien plus fort que je le pensais.

Je ne nierai jamais qu'il m'a sincèrement aimée mais maintenant que je ne voulais plus lui appartenir et que l'objet de sa convoitise amoureuse menaçait de s'envoler, il se donnait à fond pour m'empêcher de partir. Mais ce n'était pas pour mon bonheur ni pour celui de notre famille, je commençais à le voir différemment. Il me voulait pour lui tout seul et ne supportait pas l'idée que je m'en aille. Je craignais qu'un jour il arrive un malheur non d'un fait volontaire mais accidentellement car quand on est furieux et qu'on ne se maîtrise plus, on peut faire très mal. C'est de cela que j'avais peur car la colère et le manque de self-control sont les pires ennemis de la sagesse et du discernement. Ses cotés extrêmes et passionnels se retrouvaient à la fois dans l'amour qu'il donnait mais aussi dans ses pulsions quand il était fâché ou blessé et alors il pouvait être ingérable.

Je ne voyais pas d'autre issue que de le quitter mais je n'avais qu'une solution. Je ne pouvais pas l'affronter car j'avais trop peur de sa réaction, je devais m'enfuir et c'est ce que j'ai fait. J'ai attendu et un jour j'ai profité de l'un de ses voyages d'affaires pour partir. Quand il est rentré il y avait juste une lettre posée sur la table. Cela me rendait malade d'imaginer la scène de son retour et je n'étais pas fière de la manière dont j'étais partie. Je m'en voulais de l'avoir quitté ainsi mais je n'avais pas d'autre choix. J'étais acculée dans mon désarroi et il fallait que je me protège. Je n'étais pas bien épaisse quand je suis partie, j'étais au bord de l'épuisement physique et si je ne l'avais pas fait, j'aurais fini par être hospitalisée. Je me suis cachée avec Robin chez Sylvia une amie de ma vie d'avant, une fille qu'il ne connaissait pas, je ne suis pas allée bien loin mais dans un autre département et je lui ai écrit pour lui dire que nous allions bien mais que je voulais qu'il accepte la séparation. Je lui avais fait parvenir la lettre par un intermédiaire pour ne pas qu'il me retrouve trop vite car je connaissais ses appuis.

Il ne m'a jamais pardonné la manière dont je l'ai quitté et je peux le comprendre, je me trouve encore lâche aujourd'hui de l'avoir quitté ainsi. Je savais qu'il pouvait me prendre tout du jour au lendemain y compris notre enfant mais il ne l'a pas fait. Aurait-il pu m'accuser d'abandon du domicile conjugal puisque nous n'étions pas mariés ? Et surtout avait-il envie de prendre en charge seul son fils encore petit ? Pas facile pour refaire sa vie quand on est un homme aussi occupé que lui. Cette fois-ci il a accepté notre séparation. Ce qui est dommage c'est qu'il a utilisé toute l'énergie de son désespoir pour transformer l'amour qu'il avait eu pour moi en rancœur et en amertume. Il ne m'a pas adressé la parole pendant plusieurs années. Il a aussi tout fait pour me mettre des bâtons dans les roues alors je suis partie.

Dans sa région tout me rappelait à lui, je n'avais plus d'amis, tous les siens m'avaient tourné le dos. En fait, je me rendais compte que je n'étais pas grand-chose pour eux et plus rien pour lui alors cela ne m'a pas coûté beaucoup de mettre de la distance entre nous. Cela a été beaucoup plus difficile pour Robin. J'étais partie sans rien et il m'a fallu tout recommencer, tout racheter alors que je n'avais pas grand-chose pour vivre. Cela m'a pris beaucoup de temps pour remonter la pente, deux ans et demi pour me reconstruire alors que lui, quatre mois plus tard il avait refait sa vie.

Mais la vie reste devant, il me reste encore bien du chemin à parcourir et bien des contrées à visiter. Les épreuves ne sont que des cailloux qui jalonnent notre chemin, des fois le mien me semble juste ressembler à un chemin de croix. Une autre page de ma vie venait de se tourner, il était temps pour moi de remonter dans le train de ma destinée.

Cette gare-ci restera à jamais gravée dans ma mémoire parce qu'il est des arrêts qu'on ne peut pas oublier. A cette étape de mon voyage, le train de ma nouvelle vie semblait avoir du mal à se remettre sur les rails et à prendre une nouvelle vitesse de croisière même si après un long arrêt en gare, j'avais enfin trouvé la stabilité affective avec un compagnon aimant qui allait devenir mon mari. Philippe me ressemblait, il avait vécu des choses difficiles et était seul avec un enfant, alors la vie nous a rapprochés et cette fois-ci oh miracle, on aurait dit que c'était la bonne, que j'avais enfin rencontré la personne qui me convenait. Ne dit-on pas que qui se ressemble s'assemble et bien cela semblait être le cas. Pour une fois dans ma vie, le bonheur semblait me sourire mais cela n'était pas facile financièrement.

Fallait pas y aller !

1998 : les temps sont durs

Nous n'étions pas très riches et en galère comme beaucoup de familles recomposées, alors il fallait bien manger et affronter la réalité d'un certain monde du travail. C'était un temps de disette, pas beaucoup d'argent et pas de boulot pour moi. Un seul salaire ne suffisait pas, mon compagnon travaillait en déplacement alors j'allais à l'ANPE, tous les jours, rien, les boîtes d'intérim pas mieux surtout quand tu débarques dans la région. Forcément les meilleures places, on les garde pour les habitués. Mais j'avais vraiment besoin de bosser alors tous les jours j'y allais et je lui avais dit à la fille de l'accueil : « N'importe quoi en ce moment me conviendra ». Un jour je la vois qui semblait gênée …. Elle me regarde pas très à l'aise.

– J'ai bien quelque chose mais…

— Mais quoi ?

— Votre CV, il ne passera pas.

Pas de problème je reviens avec un autre CV, faut s'adapter quand on a besoin de bosser.

Un parking immense, on aurait pu y faire atterrir un avion. Des camions, un immense tapis où les troncs arrivent et sont déchargés par une mini grue avant d'être déshabillés et tout là-bas au fond un entrepôt en tôle. On était au tout début du printemps, il ne doit pas faire chaud là-dedans ai-je pensé. Le chef m'avait dit au téléphone: « Le sac à main dans la voiture et prenez une blouse pour ne pas vous salir. » J'angoissais car plus je m'approchais, plus le bruit était infernal. J'ouvre une petite porte et je me suis crue dans un film de Chaplin. Un bruit à vous réduire les tympans en bouillie, des machines diverses accolées les unes aux autres, des gens qui s'affairent et courent partout, des chaînes d'assemblage des sirènes, des alarmes. Là-bas ça clignote rouge….. Les gens se crient dessus pour couvrir le vacarme des machines, une vraie fourmilière. Je commençais à vouloir rebrousser chemin, elle m'avait bien prévenue la fille de l'agence intérim, personne ne voulait y aller !

Un contremaître arrive, il me voit, il me serre la main, pas de passage dans le bureau, pas de signature de contrat, pas de vestiaire, directement au déroulage. Des machines en hauteur les unes à côté des autres. A chacune, son gars avec un casque sur la tête et deux ou trois nanas à son service et à celui du monstre qui rugit sous les commandes du maître, à vous en faire trembler le corps. Au-dessous de la bête, un tapis roulant où il pleut des planches avec au-dessus de toi, la machine qui débite des billots d'arbre sous la flotte. Pour couper c'est obligé, mais ça éclabousse, c'est froid, presque gluant et ça pue, le bois mouillé. Des femmes qui à pleines brassées remplissent des charriots sans lever le nez, mais attention il faut trier : les planches pas belles : poubelle, les jaunes d'un côté, les plus blanches de l'autre et pas le temps de bien les regarder.

Il faut y aller à la louche mais tu n'as pas le droit à l'erreur et pas non plus la possibilité de parler, la plupart des employés ne te regarde même pas.

Le chef revient, il me change de tapis, les planches sont plus petites mais il y en a beaucoup plus. Le gars au-dessus de moi me crie que je ne vais pas assez vite pour trier et pour mieux se faire comprendre, il fait tomber une deuxième pluie de planches alors que je n'ai pas fait avancer le tapis. Je me retrouve avec une montagne de planchettes que je n'arrive plus à déplacer et lui se marre. Nouvelle visite du chef, je ne connais même pas son nom. Il me change encore de tapis. Là, ce sont de tout petits morceaux mais qui tombent à une vitesse infernale. Si tu ne vas pas assez vite, ils débordent du tapis. Si tu les mets mal dans le charriot parce que tu as voulu faire trop vite, quand tu l'emmènes à la chaîne suivante, tout se casse la figure et tu te retrouves à ramasser les planchettes par terre. A ce moment-là, tu as intérêt à te dépêcher car les transpalettes te passent au ras des fesses et des mains aussi et ça klaxonne, ça te regarde de travers et le gars qui attend la livraison de ton charriot fait retentir une alarme en te menaçant du doigt car il est obligé d'arrêter sa chaîne.

Le midi, je suis vannée, sonnée, abrutie, j'ai mal à la tête, les doigts rougis par le froid. Le chef se pointe : « Ça va ? ». Je le regarde en prenant mon regard le plus inexpressif, je hausse les épaules et je lui demande pourquoi il me change sans arrêt de place. Il me répond que j'ai l'air agile de mes mains alors il me teste. Je remonte dans ma voiture en pensant : « C'est cela, vas-y teste-moi ! ». Je rentre chez moi, une heure pour manger avec les mômes, c'est la course. Mon fils me regarde.

– Maman tes mains sont toutes rouges.

– Je fais un sale boulot

– T'as qu'à pas y aller !

Faut persévérer

Un café avalé sur le pouce et j'y retourne. Le chef rapplique.

– Suivez-moi.

Direction la lanterne rouge aperçue le matin, je m'étais dit pourvu qu'il ne m'envoie pas là-bas. C'est raté ma belle, tu n'y échapperas pas !

C'est le tronçon de la chaîne vraiment important car c'est le départ. Il faut alimenter les distributeurs de planches, de ce poste dépendent tous les autres, alors si tu arrêtes, pour un ennui quelconque, tous les autres postes s'arrêtent aussi et tu comptes les minutes et même les secondes quand tous les yeux se braquent dans ta direction et le chef rapplique en une seconde. A peine mises dans le distributeur, les planchettes tombent sur le tapis et défilent sur une distance d'un mètre devant une « nana cheffe » avant d'être englouties par la bouche géante de l'avaleuse. A la vue de tous les machins qui s'agitent, tombent, trouent et agrafent, je n'ai pas le temps de bien voir mais je n'y mettrais pas les doigts.

Marie-Noëlle, elle s'appelle, tout un poème Marie-Noëlle et pas un cadeau, 45 ans environ, une voix tellement forte qu'on l'entend dans le hangar même quand on n'est pas sur sa chaîne. Elle a mangé de l'usine depuis très jeune, cela se voit sur son visage. Des yeux qui te transpercent, en guise de bonjour, une gueulante qui te cloue sur place. Le chef m'a à la bonne pour me refiler cette place, pas de problème, il m'aime bien. Il reste avec moi pour me montrer comment faire et surtout pour pas que je me sauve, il a trop peur de me perdre à peine arrivée. Il m'explique comment faire encore plus vite que vite, comment dès que la machine s'arrête pour quelques minutes, ne pas s'arrêter surtout, tu risquerais de te refroidir et les mains ne repartiraient pas. Alors on fait ce qu'il appelle des économies, on fait des petits tas de planchettes d'avance et on en couvre sa tablette de travail comme cela en cas de panne d'approvisionnement, des fois que le charriot n'arriverait pas assez vite, ou que la fille qui le pousse tombe ou le fait tomber, on a quand même de quoi bosser.

Marie-Noëlle, elle ne joue pas dans la dentelle, elle aboie dès que cela ne va pas et cela ne va jamais en fait ! Il ne faut pas lâcher des yeux les distributeurs pour qu'ils ne se bloquent pas car on en a deux chacune bien sûr, deux mains, deux distributeurs. En même temps que ses mains s'activent sur les distributeurs, ses yeux surveillent les planches qui défilent si vite que j'en ai le tournis rien qu'en les regardant passer, pour voir si elles sont correctement tombées dans les encoches sinon la chaîne se bloque. Alors quand cela arrive, elle se transforme en une énorme machine humaine, les mains d'un côté, les yeux de l'autre et quand ça coince, elle vole au secours des planches, les redresse avant qu'elles ne s'engouffrent dans la bouche géante armée de dents. Elle bondit sur la machine, dessus, dessous, la tête à l'intérieur, un vrai mécano, une vraie pro Marie-Noëlle. Pas à dire je n'en ai jamais vu comme elle, je ne croyais même pas que cela existait….

Aie, aie, la chaîne s'arrête et j'en prends plein mon grade. Elle me crie dessus comme une malade pendant qu'elle enfourne les mains dans la machine et tire comme une forcenée sur la planchette bloquée, à cause de moi bien sûr, et hop la chaîne repart aussitôt, juste le temps de sortir les doigts et Marie-Noëlle sourit. Elle a gagné sur la machine et elle aime cela, être plus forte que la machine.

Personne n'est plus fort que Marie-Noëlle, c'est une cheffe Marie-Noëlle et elle l'est devenue à la sueur de son front. Tout le monde la craint et personne ne veut bosser avec elle car elle n'aime personne. Les seules qu'elle supporte ce sont ses copines, là depuis aussi longtemps qu'elle, qu'elles en sont abruties et qu'elles aboient comme elle. On les reconnaît à cela ses copines, elles ont chacune un bout de chaîne à superviser et des nouvelles recrues à écraser, à former pardon.

Le soir arrive vite, pas vu le temps passer, on a tellement bossé comme des malades qu'on ne s'est pas arrêté. D'ailleurs il n'y a pas de pause ici, si tu veux aller aux WC, tu es obligé d'attendre de voir le chef qui arpente le hangar pour tout surveiller et de te faire remplacer, alors tu évites. Le soir, le chef vient.

– Je vous garde, vous restez ?

– ……..

– A demain et pas en retard hein.

La réalité

Je rentre à la maison, je mange et je vais me coucher. Je rêve que des tonnes de planches me tombent dessus, que je suis avalée par une machine, que je tombe sur le tapis et que je glisse irrémédiablement vers le broyeur qui engloutit tous les déchets. Ils l'ont mis tout au fond du hangar mais quand il se met en route, le sol tremble. Cette après-midi, j'avais le chef à mes côtés et même qu'il m'aidait à charger les distributeurs quand je n'arrivais pas à suivre la cadence, quelle veine ! Les autres me regardaient méchamment. Je l'ai regardé quand j'ai entendu le bruit du broyeur avec une question dans les yeux car je n'arrivais pas à couvrir le bruit de la chaîne, il s'est penché vers moi et m'a hurlé dans les oreilles que c'était le rugissement des lions qui mangeaient ceux qui ne travaillaient pas assez vite. Marrant le chef, Joël il s'appelle.

Je me réveille fatiguée, mal partout, je déjeune sans appétit et j'y vais mais à reculons. Tout le monde arrive en même temps et il n'y a pas de pointeuse, c'est Joël la pointeuse et quand il ouvre la petite porte, tout le monde se rue à son poste. Deux minutes après, une sonnerie retentit et les chaînes démarrent ! J'ai vite repéré les différents postes de travail. Le déroulage qui déshabille les troncs et les débite en planches ; la machine qui fabrique les têtes de cagette; celle qui fait les fonds et entre cela les différents postes d'assemblage : la cagette de A à Z. Il est malin le gars qui a inventé la chaîne de fabrication des cagettes mais c'est sûr qu'il était sourd. J'ai appris dans cette usine que le bois c'est comme le cochon, dedans tout est bon. Au fait, j'ai demandé au chef si on ne pouvait pas avoir un casque anti bruit, il m'a répondu qu'ici on ne fournissait que les bouteilles d'eau. Je n'ai pas compris si c'était de l'humour mais j'ai vu des packs de bouteilles à côté de son cagibi alors j'en ai pris une au passage.

Tout le monde a l'air de connaître son poste, alors pour ne pas rester à attendre, je retourne au déroulage. Pas le temps de me mettre au tapis, j'entends siffler, je me retourne comme les autres car ici un sifflement, c'est pire que le garde à vous. Tout le monde dans la zone d'audition possible se retourne. Le message était pour moi et le chef me fait signe d'aller vers Marie-Noëlle. Oh non ! Et si ! Il n'y a pas de bonjour, je ne suis pas sa copine. Mais elle ne me mord pas d'entrée, pour une fois qu'il y en a une qui reste avec elle, on ne va pas l'égratigner tout de suite. Elle a les cheveux noirs, un regard bleu acier et elle est bâtie comme un mec, que du muscle, y avait-il encore de la place pour la cervelle ? L'avenir nous le dira. Elle non plus, elle ne cause pas, elle fait des signes de tête et parle avec les yeux quand elle ne crie pas.

On ne parle pas dans cette boîte, idéal pour apprendre le langage des signes, parler avec les mains, comprendre avec les yeux les consignes, les ordres et les reproches. J'en ai appris des choses dans cette usine, une vraie école pour abrutir les gens. Trois jours de boulot, le chef me convoque dans son cagibi.

– Vous revenez lundi ?

La mort dans l'âme, à peine audible.

– Oui.

– Je vous ferai un contrat.

Forcément, plus d'intérim, moins de frais, que des contrats de quinze jours, renouvelés sans arrêt, cela coûte moins cher et c'est plus pratique pour virer les gens.

Je deviens la coéquipière de Marie-Noëlle, je bosse comme une malade, je cours, je mets la gomme même le turbo. J'arrive même à voir un regard étonné dans ses yeux. Il vaut mieux ne pas se la mettre à dos, c'est cela que je me suis dit. Je suis d'un naturel assez survolté mais là je me suis surpassée. Tiens une petite visite du chef, il reste avec moi et me dit de bien regarder ce que fait Marie-Noëlle, j'ai un mauvais pressentiment, mes yeux interrogent ? Il me crie qu'elle va partir en vacances ! Avec lui pour me seconder (car forcément il sait faire tous les postes le chef, sinon il ne serait pas chef), il me fait faire un essai sur son poste. Je panique, j'ai peur, mes mains se croisent, s'emmêlent, je n'y arrive pas, je bloque la chaîne, Marie-Noëlle se marre, tiens elle sait rire !

Il me regarde moins bien le chef, il me fait signe que je suis nulle et un autre signe pour retourner à ma place. Ouf ! Mais le lendemain, il revient à la charge, je vois bien qu'il veut me refiler son poste mais moi, je n'en veux pas. Alors le soir, je vais le voir, je lui dis que je suis sujette aux migraines, que mes yeux ne peuvent pas suivre les planches qui défilent car cela me fait tourner la tête, et que je pourrais tomber. Là je marque un point, pas bon pour la boîte les accidents, déjà qu'ils sont dans le collimateur de l'inspection du travail. Je vois bien qu'il ne me croit pas mais j'ai peur pour mes mains, alors je mens et je ne lâche pas le morceau.

L'angoisse

Le lendemain, plus de Marie-Noëlle, je l'aperçois à un autre poste ou plutôt, je l'entends crier sur un petit jeune qui ne travaille pas assez vite. Cela dure toute la matinée et tout à coup, je vois passer un gars qui s'agite, jette un truc par terre et se casse en disant que c'est une boîte de cons et que cette meuf est complétement dingue. C'était un nouveau et il n'a pas supporté le « cadeau ».

On m'a attribué un autre coéquipier qui prend sa place alors cela ne doit pas être n'importe qui. C'est un apprenti chef celui-là, assez jeune, très rapide, il a déjà de l'expérience ici, cela se voit, un regard noir, un tas d'os et de nerfs sur pattes et de la haine dans les yeux. Je l'ai surnommé le serpent car quand j'effleure son bras, promiscuité de la chaîne oblige, je sens un courant glacial qui me traverse. Cela ne passe pas du tout entre nous, c'est physique et réciproque. Il me fait chier, me provoque, me parle mal. Tout ce que je déteste, c'est un pur jus de macho et je le giflerais à longueur de journée. Je le supporte le plus que je peux, j'essaie de me retenir de l'insulter mais on n'arrête pas de se prendre la tête. Il me siffle, se barre le soir en me laissant le nettoyage de son morceau de chaîne, me laissant aussi emmener ses poubelles et ça plombe une tonne les caisses de déchets de bois. Il me laisse démarrer toute seule le matin, des fois il me fait signe de le remplacer alors que je le vois discuter avec d'autres un peu plus loin et me narguer.

Un jour je n'en peux plus et je craque, il m'avait tellement énervée et poussée dans mes retranchements, j'en avais les larmes aux yeux et la colère noire au bord des lèvres. J'ai débarqué dans le cagibi de Joël et pas eu besoin de jouer la comédie, je lui ai dit que je partais le soir même et j'avais la voix qui tremblait. Il m'a demandé la raison et je lui ai dit que c'était à cause de l'autre serpent venimeux qui me manquait de respect, me parlait comme à un chien et me laissait faire son boulot. Il était déjà intervenu dans nos engueulades car même si j'ai besoin de fric, il faut qu'on me respecte et ce n'est pas parce que je bosse en usine que je suis une moins que rien. Un soir, il avait obligé le serpent à revenir pour finir son boulot, nettoyer son poste et emmener ses déchets et le serpent depuis ce jour me haïssait, je le lisais dans ses yeux.

Mais là, je ne pouvais plus le supporter, alors le chef me regarde, ferme la porte.

– Vous restez, c'est lui qui saute.

Je suis interloquée.

– Non c'est impossible, je ne veux pas

– Vous avez besoin de bosser non ? Alors ici c'est moi qui décide.

J'ai très mal dormi, ses yeux de crotale me poursuivaient. J'arrive, il pointe le bout de son museau de fouine, met en marche la chaîne alors que je n'étais pas prête, donc la chaîne déraille. Je jette ma poignée de planchettes par terre et le chef rapplique. Pas un mot, il lui fait signe de partir à un autre poste, le serpent hurle, me regarde méchamment. Joël lui dit :

– C'est cela ou tu vires.

Plusieurs années d'ancienneté, il m'a fusillée du regard, je m'étais fait un ennemi. J'espère que je ne le croiserai pas ailleurs car si sa haine est aussi noire que celui de ses yeux, sale temps pour moi. Il me fait peur. Valérie arrive pour le remplacer, je ne la connais pas Valérie mais elle me fait la tête parce qu'elle avait une planque, des copines et là c'est un poste qui ne lui plaît pas, mais il ne plaît à personne alors, il faut bien des pigeons pour faire fonctionner la boîte.

De petits contrats de quinze jours en quinze jours, les mois ont passé et plus les beaux jours arrivaient, plus on avait de boulot. On faisait même des semaines à quarante-huit heures, c'était le maximum en pleine saison car les melons mûrs n'attendent pas. On travaillait alors le samedi, même le 15 août et dans les coups de bourre on finissait parfois à vingt heures, si la chaîne était tombée en panne. A ce tarif-là avec les heures supplémentaires, la paie tombait et elle était plutôt bonne alors on acceptait de faire des heures pour l'argent.

Le vendredi était jour de paie mais pas jour de fête car chaque vendredi, c'était la loterie et la valse pour certains et certaines. On attendait devant le petit cagibi, chacun notre tour, vous entrez et le chef vous dit « Signez » ou « Renvoyé » ! J'en ai vu des personnes se faire « non renouveler » sans s'y attendre. Par exemple la femme d'un petit gars qui bossait à l'arrivage des troncs, j'ai travaillé avec elle, trop bavarde, on ne parle pas ici, la langue gêne les mains. Virée Nadine ! Son mari n'a pas aimé et s'est plaint, peine perdue. Elle rigolait et disait qu'ici, on était mieux qu'aux melons parce qu'on était à l'abri du soleil. Pas fait long feu Nadine même avec le mari dans la boîte, ils ne rigolent pas ici.

La fin de mon contrat arrive, on était fin Octobre ; la saison des pommes venaient de s'achever. Depuis Mars j'avais tenu le rythme, j'étais épuisée et écœurée aussi mais les comptes avaient bien remonté, la banque nous laissait tranquilles. Moi je n'avais plus beaucoup de temps pour les enfants ni pour moi et encore moins pour mon couple, on ne peut pas tout avoir.

J'ai dormi tout l'hiver, une vraie marmotte, je soignais mes mains, je revivais un peu ou plutôt je récupérais. Le printemps arrive, la fin du chômage pas loin.

– Dring, dring…..

– Madame C….Vous reprenez du service ?

(Punaise, elle m'était bien sortie de la tête la V..)

– Oui

J'y retourne, pour le fric bien sûr.

Deuxième année

Je suis arrivée sur le parking, je m'approche d'un groupe de nanas, les pures et dures dont Marie-Noëlle. Je lance un bonjour, elles se retournent, me toisent, bouches fermées, et font celles qui ont vu une merde sur le trottoir, rien que du mépris voilà leur bonjour.

La saison s'annonce belle !

On recommence comme l'année précédente, au début pas beaucoup d'heures puis le quota monte mais pas la paie. Je regarde les fiches de paie d'un mauvais œil et j'enrage. On ne décolle pas du smic alors qu'on fait des heures à la pelle. Direction le bureau du comptable, je lui demande s'il y a pas un problème sur les payes ? « Non » me rétorque-t-il, « cette année, on ne paie plus les heures sup, on vous donne des RTT». Je n'en crois pas mes oreilles, comment cela des RTT ? Tu bosses sur la chaîne, toi l'expert de la calculette, le pauvre négociateur des planches qui tombent et nous meurtrissent les doigts ? La grogne monte, forcément l'argent est une sacrée drogue pour les pauvres. Et rien à faire, cette année l'entreprise va mal alors aux grands maux, les grands remèdes !

De la main d'œuvre… j'en ai vu défiler, de celle qui restait une heure, une demi-journée ou une semaine mais il y en avait toujours des nouveaux. Le chef disait qu'il avait cent cinquante CV sur son bureau (parce qu'il faut un CV pour bosser ici, je vous jure, et de l'expérience si possible). La meilleure marchandise humaine était les étudiants, dans la région, c'était ça ou les champs de melons en plein soleil. Alors ceux qui arrivaient à tenir le coup dans cet enfer, je peux vous dire qu'ils repartaient dans les amphis, plutôt motivés.

Bonne école la scierie. La V… Nouvelle qu'elle s'appelait. Qu'est-ce que devait être l'ancienne ? Vous bossiez quarante-huit heures de juillet à fin

Septembre et à l'automne, avec leur nouveau système le matin, vous vous pointez, et on vous annonce: « Demain vous restez chez vous » pour un, deux ou trois jours. Même pas prévenu à l'avance, on n'a même pas le temps d'organiser notre vie, nos rendez-vous. C'est cela leur RTT ? Cet arrangement pour ne pas nous payer les heures sup n'était pas légal, on le savait mais si on n'acceptait pas on était viré.

Un sale boulot, une vie de chien, ce n'est pas beau la vie ? Avec l'habitude, chaque matin on découvre le menu : radis, fraises, salades, melons, pommes… Les pros, les demi-cheffes te disent : « Aujourd'hui c'est cool. » ou : « C'est la galère. ». Elles savent cela au flair, l'expérience, le feeling. Elles connaissent les différents mets du menu par cœur et savent même combien de milliers de cagettes il faut fabriquer avant d'être libéré. Car c'est cela en fait, il y a une commande et on la termine dans la journée, alors si il y a une panne sur un des postes, eh bien on reste et tant pis pour tes mômes. Tu n'as même pas le temps de sortir téléphoner pour avertir. Mon conjoint travaillait en déplacement et j'en ai flippé certains soirs d'être là jusqu'à vingt heures à la place de dix-sept, avec les enfants seuls à la maison

Pourquoi, je suis revenue ? Pour l'argent bien sûr, cette fois-ci j'étais très déçue mais je n'avais pas d'autre boulot sous la main. Direction la chaîne de têtes, il m'avait adoptée le chef. Parfois une partie de la chaîne s'arrête mais pas l'autre, alors les têtes de cagettes continuent d'arriver et sont expulsées par terre. Une des filles se met alors au poste de sortie et les jette sur le côté pour en faire un tas mais des fois le tas devient une petite montagne (deux ou trois mètres de haut quand même si la panne dure), une vraie séance de sport et une torture pour les abdos. Comme cela, quand la chaîne de production s'arrête, on ne se retrouve pas sans travail mais à quatre pattes à ramasser les têtes pour en faire des tas et les mettre sur des charriots, au cas où… Alors quand le chef vous fait signe en montrant sa tête, cela veut dire au ramassage et on fait la grimace car il faut aller vite et c'est crevant, pas une seconde pour s'arrêter, la machine ne connaît pas les pauses ni la fatigue.

Mais une fois cette corvée achevée, ce n'est pas fini loin de là car le soir avant de partir, il faut reprendre toutes les têtes et les passer manuellement sur la chaîne. C'est le signal de la fin de journée car on ne dit rien ici, même pas l'heure à laquelle on sera libéré. Mais ne croyez pas que c'est fini, il reste encore le ménage des machines, dedans, dessous à quatre pattes et après « finie la journée ». Enfin, il te reste juste la tienne à la maison.

Le danger se rapproche

Je bossais avec Sophie, une petite jeune, pas méchante mais forte de poids et de maladresse. C'était la fille du garagiste de Joël. Gentille, 18 ans à peine, à un moment, elle était la risée de la boîte mais papa était intervenu et Joël avait lancé un message d'alerte, on ne touche pas à Sophie, pas de commentaire sur son corps, ni sur son manque de compréhension, on ne lui dit rien. Forcément papa s'était fâché et son garagiste, on en prend soin. Et nous alors, tu veux qu'on se fâche pour les conditions de travail ? Mais on n'avait rien à dire, car pas content, tu te barres.

Pourtant la petite Sophie était maladroite au possible. On bossait ensemble et un jour, fausse manip, nos bras se croisent (les croisements sont interdits, bon sang de bonsoir, il l'a bien dit le chef) et une de ses planchettes vient me percuter et me griffer la paupière. Je désinfecte la plaie mais je sens ma paupière qui gonfle. Le midi, je cours à la pharmacie, la pharmacienne me dit l'air inquiet, « Il vaudrait mieux aller chez l'ophtalmo ». Pas le temps je n'ai pas encore déjeuné mais de ce fait, j'arrive en retard. Joël pas content, il déteste les retards, me tombe dessus, je lui explique, il me répond alors que bon prince, il ne m'enlèvera pas la demi-heure. Merci chef ! Pendant deux jours, la plupart des nanas du noyau dur sont passées devant mon poste pour admirer le joli maquillage et elles rigolaient sous cape. Génial, moi, j'avais eu très peur pour mon œil. Elle commence vraiment bien la seconde année.

On allait attaquer la saison chaude avec surcharge de travail, c'est alors qu'ils nous ont pondu leur dernière nouveauté. Le premier juillet, assemblée générale, dehors devant les portes bien sûr. Le grand patron prend la parole :

– Il y a beaucoup de commandes et plus il y a de boulot mieux c'est pour vous, donc à partir de demain, on fait les 2 x 8.

Regard de consternation, surtout des femmes, ça râle aussi chez les mecs mais pas le choix, tu vois la petite porte là-bas ? Il nous annonce qu'il y aura deux équipes, une pour chaque chef : Joël / Boris et deux horaires 5 h/13 h et 14 h/ 22 h. On changera toutes les semaines. Génial pour l'été, la vie de famille pendant que les enfants sont en vacances. La grosse question de l'après-midi était de savoir avec qui on allait tomber car Boris, je ne vous l'ai pas encore présenté, mais il aurait pu se marier avec Marie-Noëlle. Le patron avait dit qu'à la débauche, il y aurait les listes affichées. Chacun pensait pourvu que je sois dans l'équipe de Joël, car c'était le plus humain, pas toujours cool quand il était en colère mais ce n'était pas souvent.

Si Marie-Noëlle était tout un poème, Boris, lui c'était le recueil à lui tout seul. Les mauvaises langues disaient que s'il était là, c'était parce que même l'asile n'avait pas voulu de lui. Un vrai fou, malade des cordes vocales et amoureux des insultes. Il avait un énorme 4/4, (ça gagne bien sa vie un chef sur la peau des ouvriers), et il rugissait comme son bolide. Il était le MacGyver de la boîte, réparateur, rafistoleur et quand la machine tombait en panne, on le voyait bondir comme sa consœur, dessus, dedans, dessous, mais surtout on entendait les insultes qui pleuvaient encore plus vite que les planches sur le tapis. Il aboyait alors sur tout le monde, on se faisait tout petit et chacun s'activait pour se trouver occupé et surtout pas dans ses pattes. Il avait le regard noir lui aussi et c'était un sanguin. Les outils volaient comme les insultes, il ne souriait que lorsque toutes les chaînes tournaient à plein régime, sans aucun problème, c'est-à-dire presque jamais. Le soir chacun se dépêche d'aller voir et les visages s'ouvrent ou se ferment. Et mince, je suis dans la liste de Boris mais pas avec Marie-Noëlle. C'est déjà ça.

L'épreuve

Moi qui suis plutôt du soir, les matins étaient un calvaire, je n'arrivais pas à déjeuner à quatre heures et la seule pause d'une demi-heure était à 9 h 30 : l'enfer ! L'après-midi, il faisait trente-cinq degrés dans cette boîte de conserve, je comprends mieux le pourquoi des bouteilles d'eau qu'on nous distribuait. Ils ne veulent pas de malaise sur les chaînes et comme il n'y a pas de pause à part les trente minutes pour le casse-croute, tu bois en travaillant, et puisque tu transpires énormément, tu ne vas pas trop aux toilettes. Génial pour garder la ligne.

Comme il y avait deux équipes, il fallait donc quatre personnes pour diriger la machine de tête alors je travaillais avec Michèle puisque Valérie n'avait pas apprécié son changement de poste et s'était barrée du jour au lendemain après deux ans de bons et loyaux service. Le serpent, lui, avait démissionné après quatre mois d'arrêt maladie.

Michèle, elle a commencé à travailler ici à peine terminée l'école et elle sait crier et cracher son venin. Ils doivent apprendre cela très tôt, forcément car gueuler est ici le seul moyen de se faire entendre, comprendre pas sûr. Pour l'amadouer, il en a fallu de la rapidité et de la dextérité. Quand elle a vu que je savais pianoter des planches, elle m'a respectée enfin je le pensais. Dingue, j'en avais les larmes aux yeux dans ma voiture en rentrant. Mais j'enrageais surtout de travailler le samedi toute la journée en plein été pour un pauvre smic payé aux trente-cinq heures. Où étaient les avantages de l'année précédente, ceux qui nous permettaient de surmonter ce boulot « de singes » oserai-je dire ?

Le matin j'avais du mal à démarrer à toute vapeur à peine sortie de celles du sommeil et Michèle ne me ratait pas. Je me taisais, mes mains fonctionnaient, pas ma cervelle mais que c'était long, la pause n'était qu'à 9 h 30 et seulement une demi-heure. On savait tous que ce n'était pas légal mais personne ne disait rien alors je n'allais pas la ramener. Pire que le travail chez les clandestins, mais tout cela pignon sur rue, mal renommée cette entreprise mais au vu et su de tous. On arrivait avec notre sandwich dans la voiture et quand la sonnerie de la pause retentissait, c'était la ruée vers le coffre de la voiture, on mangeait assis par terre à l'air libre pour voir un coin de ciel bleu.

Un jour de panne, Michèle m'emmène sur sa machine bien à elle, un vieux coucou qui ressemble à l'intérieur d'une machine à coudre, qui tremble, pianote, pique, agrafe et fabrique des fonds de cagettes. On sentait qu'elle aimait sa bécane, elle en connaissait tous les rouages, les réglages et elle pianotait les commandes et survolait les planchettes comme une virtuose. Depuis l'été, on ne fabriquait presque plus de fonds de cagettes, pas le temps alors ils arrivaient de Hongrie, cela coûtait moins cher mais c'était de la mauvaise qualité et cela la mettait de mauvaise humeur. On disait en douce qu'elle était payée à la pièce.

Ce jour-là, elle était agacée, la chaîne de tête avait bourré et Boris l'avait vertement envoyée promener. Elle aimait engueuler les autres mais ne supportait pas l'inverse, une ancienne comme elle, sous cheffe. Elle m'avait envoyée réparer des fonds de cagettes mal faits et c'était une vraie galère. Il faut enlever la latte cassée et mettre en tas les fonds amputés; ensuite on les repasse manuellement dans la machine en mettant juste le morceau manquant au bon endroit, sans se tromper évidemment et avant que l'agrafeuse vous agrippe les doigts avec la latte. Je vous dis que c'est tout un art, la cagette aujourd'hui n'a plus de secret pour moi. Michèle m'avait prêté une bonne pince coupante de sa propre caisse à outils mais je n'allais pas assez vite, je me griffais les doigts avec les agrafes et elle rigolait. Soudain, elle se met à crier, elle avait des accès de colère que je n'arrivais pas à suivre.

– Tu me rends ma pince et tu te démerdes avec la tienne.

J'avais un vieux machin qui coupe mal et elle rajoute :

– Si t'es pas contente t'as qu'à enlever les agrafes avec tes dents.

Je ravale en silence son accès de colère mais j'ai failli pleurer, je commençais à être à bout.

Tout à coup je vois quelque chose qui glisse sur le sol, une pince toute neuve et bien coupante arrive à mes pieds. Je lève la tête, un sourire d'ange, ça existe dans cette boîte ? J'avais cru que le froid avait gelé tous les cœurs. Un mec grand mais un cœur encore plus grand, je l'ai regardé, ses yeux disaient : « Prends la pince, tu me la rendras plus tard ». Il s'appelait Franck, on ne s'est jamais vraiment parlé car les gars nous auraient cassés. Chaque jour après cet incident, il est passé devant mon poste à l'embauche, juste un regard et un sourire, à la pause il faisait un détour pour passer devant ma chaîne, ses yeux disaient, viens la pause est là. On a mangé nos sandwichs assis côte à côte pendant des mois. On ne se parlait pas, il y avait les autres, ils auraient dit que j'étais une salope et lui, un pauvre type. C'était une boîte où il y avait pas mal de vieux gars alors le sujet des femmes était sensible et très vite sujet à moqueries bien salaces. On n'était pas libre ni l'un ni l'autre et on ne cherchait pas l'aventure. Lui, aussi avait mangé de l'usine tôt mais son cœur était resté humain, ses yeux parlaient à la place de son cœur et il m'a aidée juste par son regard et par sa gentillesse. Il était presque le seul à me dire bonjour. Merci Franck, tu étais un petit rayon de soleil dans la nuit de cet enfer. Dans tes yeux, ce n'est pas l'intelligence qui brillait mais la gentillesse, un rayon de douceur dans un sale monde de brutes !

Le choc

Ce matin-là, on arrive, les chaînes n'étaient pas en route, un silence inhabituel régnait, on se regarde. Le chef se pointe : « Aujourd'hui grand ménage ». Tout y est passé, les machines, les sols, on a tout astiqué, il fallait que tout brille. On a passé toute la journée à faire le ménage alors que la saison n'est pas finie alors forcément on s'interrogeait. Le lendemain, la journée commence comme d'habitude mais il y avait quelque chose de différent. Je regarde plus attentivement, toutes les machines avaient les couvercles rabaissés et les grilles de sécurité mises. Elles ne l'étaient jamais pour pouvoir rattraper les planchettes mal positionnées et aller encore plus vite sans arrêter. Une heure après, l'inspection du travail arrive. Tiens donc, le patron a le bras long et de bonnes antennes.

La saison avançait et on était crevé mais le plus dur était à venir. On ne faisait plus les 2 x 8 mais on attaquait la saison des pommes et là c'est épuisant, parce que les caisses à pommes sont lourdes, les planches à mettre dans les distributeurs aussi et les caisses de déchets encore plus. J'avais du mal à tenir le coup, les bras me faisaient mal. Un soir, c'était l'heure du ménage et quand on a fini de nettoyer son coin, on aide les autres qui sont à côté. J'ai oublié de vous dire qu'on est payé jusqu'à ce que retentisse la sirène qui vous perce les tympans même avec le casque anti bruit que je m'étais offert. La sirène ressemble à celle qui annonçait les bombardements, elle doit d'ailleurs dater de là comme l'entreprise. Après ce moment-là, c'est du bénévolat obligatoire, comme le matin pour charger les distributeurs car quand sonne la sirène d'embauche, les machines démarrent deux minutes après, juste le temps d'aller à ton poste et si tu es au fond, tu cours presque. Avant l'heure et après l'heure, c'est gratuit.

On finit la journée par vider les caisses en dessous des chaînes où on a accumulé les déchets de bois, les mauvaises planches, les morceaux cassés et c'est lourd surtout avec les caisses à pommes. Sur la machine de tête, il y a une rambarde qui emmène les têtes tout en haut au poste d'assemblage avec les côtés et pour vider les caisses, il faut passer dessous et baisser la tête, pour moi en tout cas car je suis grande. Tout le monde fait vite car on est pressé de partir.

Ce jour-là j'ai fait vite, très vite, trop vite…. La rambarde est double en fait, alors on se baisse, on se redresse et on se rebaisse. Au deuxième bras de la rambarde, j'ai relevé la tête trop tôt ou je marchais trop vite, avec dix kilos dans les bras, mal calculé mon coup en fait. Trop fatiguée, trop habituée, trop de caisses à vider à la suite. Et Paf ! Comme dans les BD, je vois trente-six chandelles et le choc résonne à l'intérieur de ma tête, je porte ma main à mon front, pas de sang mais une bosse qui grossit sous mes doigts. Je me précipite aux toilettes, pour voir les dégâts, la sous cheffe de cette partie de chaîne me siffle, je lui fais signe, que je me barre mais elle n'a rien vu de l'accident alors elle gueule comme un putois. Miroir,

mon beau miroir montre-moi les dégâts.....
! Ce n'est pas ouvert mais c'est noir, il y a de la graisse et ça continue d'enfler. Je vais voir la secrétaire qui est aussi l'infirmière car il n'y a pas d'infirmière. Elle me désinfecte et me conseille de rentrer chez moi. Je cherche le chef, il est avec le patron dans l'entrepôt, je lui montre mon front, il me dit ok pour partir et ajoute en regardant le patron, alors que je sors :

– Maquillée pour le week-end.

Je rentre à la maison, je prends une douche, couvre la bosse d'un pansement et rabats ma mèche pour qu'on ne me pose pas trop de questions. Je suis passée devant le cabinet du médecin mais le parking était plein, j'ai l'habitude ou le défaut de me soigner toute seule. Après le repas la grande me dit qu'on voit une sorte de ^ en haut de mon nez, je décide d'abréger les commentaires et je vais me coucher. Le lendemain je me réveille, un masque comme un loup de carnaval autour des yeux. Là, je panique, je fonce chez le médecin, quand la secrétaire me voit, je ne passe même pas par la salle d'attente : médecin direct et ordonnance pour une radio de la tête, illico. Quand le radiologue me voit il a un petit éclat de rire.

– Jamais vu un aussi joli maquillage !

La radio est bonne. Ouf, pas de fracture mais il m'explique que j'ai été très imprudente et que j'aurais pu mourir dans la nuit si il y avait eu une hémorragie interne.

Accident du travail, quinze jours d'arrêt, il faut que j'aille à la boîte pour la déclaration. Je mets les plus grosses lunettes de soleil que je trouve et me rends au bureau. Joël veut me voir mais il est obligé de se déplacer car je refuse d'aller dans l'entrepôt. Il me demande d'enlever les lunettes pour voir et là, il siffle, fait une grimace.

– Je n'aimerais pas être votre mari en ce moment.

Sacré Joël.

A la fin de la saison, ils nous ont convoquées moi et une autre, Joël voulait nous garder mais nous, on ne voulait pas rester alors une petite visite chez le patron. On a le droit au grand discours :

– Vous êtes de bons éléments, vous ne voulez pas rester ?

– Au même prix ?

– Ici il n'y a qu'un seul tarif.

Il nous explique que c'est le prix unique et que le seul avantage est d'avoir du boulot à l'année. Il faut être vraiment mal pour accepter ce genre de conditions. On a refusé de signer mais on est quand même resté jusqu'en Novembre. Un autre hiver à essayer de se reconstruire à l'intérieur comme à l'extérieur, à profiter un peu de la vie maintenant qu'il fait froid et qu'il n'y a rien plus rien à faire. C'est cool les vacances quand les mômes ont repris l'école et le mari le travail.

Les beaux jours arrivent.

– Dring, dring, dring

– Madame C…, bonjour la V… Vous reprenez du service ?

Troisième année

Pourquoi j'y suis allée ? Je ne le sais toujours pas !

J'y vais mais je ne fais pas d'effort de salutation, j'oublie si les bonjours existent, sauf Franck et je m'approche comme les autres. Surprise, une nouvelle chaîne rutilante, des machines jaunes et rouges flambant neuves et des lumières qui clignotent partout. Ils en ont fait des frais pour une boîte qui allait mal. La dernière saison a été bonne ? Joël vient à ma rencontre.

– Cette année, pour commencer vous irez aux fonds.

De la tête, je passe donc aux pieds.

– Bonjour Michèle.

Un mouvement de tête renfrogné, elle ne cause pas ce matin elle grogne. Bon, on verra plus tard. Tiens Franck travaille pas loin, cela me fait du bien de croiser son regard de temps en temps.

C'est le début de la saison alors on fabrique des fonds à la cadence maximale, pour faire des provisions pour l'été. Michèle est contente de pousser sa machine à fond, les sécurités sont enlevées et les grilles de protection aussi pour pouvoir rattraper les feuilles de bois qui se déplacent sous le souffle de la bête. Mais tu as intérêt à faire vite car quand tes mains s'approchent des agrafeuses, cela peut t'attraper si tu n'as pas le temps d'appuyer sur le gros bouton rouge. Il marche au moins ? Interdit aussi de porter des manches qui soient pas resserrées aux poignets, pas de bagues, ni aucune chaîne. Cela pourrait se prendre dans un crochet quand tu te penches pour débloquer ou rectifier le tir alors que la machine n'est pas arrêtée, les cheveux aussi doivent être attachés. L'inspection du travail a fait faire des affiches spéciales pour cela et même pour dire que les mecs doivent se laver les mains après avoir uriné ! A part cela ils marchent sur les planches tombées avec des chaussures pleines de graisse et remettent les fonds de cagettes piétinés avec leurs empreintes dans le circuit. Un jour un client s'est pointé dans l'entrepôt avec une cagette pour les fraises dans laquelle il y avait une magnifique empreinte de quarante-trois toute graisseuse, pas content le client !

Cette place sur la chaîne de Michèle est celle qui me convient le mieux car les planchettes sont très longues mais légères et je sais aller vite si ce n'est pas lourd, alors avec Michèle, ça va à peu près. Le seul moyen de pas se faire bouffer ici est la rapidité et de montrer que tu sais égaler les meilleures mais moi je refuse de débloquer la machine et de jouer les apprentis mécanos même quand ça gueule.

Boris, Michèle et Joël m'ont déjà dit que j'étais nulle et trouillarde, je m'en fous, je n'y mettrai pas les mains. J'ai vu la main de Sylvie qui bosse avec nous, elle a une drôle de forme sa main. Quant à l'autre mauvaise qui m'avait incendiée le jour où je me suis blessée à la tête, à mon retour au bout de quinze jours avec encore des marques, elle s'était déplacée pour me dire :

– Tu ne t'es pas fait faire de lunettes ?

Drôle de boîte quand même.

Pour l'instant l'ambiance est mauvaise parce que les nanas sous cheffes et les chefs ne connaissent pas bien la nouvelle machine. Il y a un ordinateur de commande et Boris, l'électronique ce n'est pas son truc, il a beau crier dessus, l'ordinateur ne cède pas, alors il gueule comme un putois et le patron voit rouge car on n'atteint pas les trois mille cagettes par jour. Les places de tête sont réservées non pas aux meilleures mais aux deux femmes des chefs. J'ai appris que c'était très familial comme entreprise en fait. Tant mieux, je vous laisse volontiers ma place.

La désillusion

C'était la veille du Week-end de Pâques, chouette on allait avoir un Week-end de trois jours, l'ambiance était un peu plus détendue. Ce matin-là, les différents morceaux de la chaîne démarrent mais s'arrêtent à peine lancés, donc il y a un problème quelque part. Les regards s'interrogent d'une chaîne à l'autre, face à moi il y a la chaîne d'assemblage des côtés et les postes sont en hauteur, je regarde Virginie qui essaie de voir ce qui se passe. A priori cela viendrait de derrière moi à la chaîne de sortie là où les gars mettent les cagettes par trois et forment les palettes qui sont dégagées à peine formées par les transpalettes vers les camions. Donc il y aurait un problème sur ce tronçon-là, chez les gars, mais on n'entend rien. Ce n'est pas normal, d'habitude cela fourmille et c'est l'embouteillage dans ce coin-là, les manitous démarrent, se croisent vont chercher les palettes vides et repartent aussi vite avec les pleines.

Je la vois se pencher pour essayer de comprendre ce qui se passe et tout à coup elle pâlit et porte la main à sa bouche, un courant froid me traverse le corps. J'allais me retourner moi aussi mais Michèle qui est en face de moi a suivi le cours des choses et m'attrape le bras en me le plaquant sur ma tablette presqu'à me le tordre pour m'en empêcher. Des lumières clignotent soudain de partout, des mecs courent, une sonnerie retentit, Joël arrive en courant, il repart, revient avec une couverture et la sirène générale hurle. Tout s'arrête, tout le monde dehors et vite. On avait froid à huit heures du matin sur le parking mais il n'y avait pas un bruit, personne ne causait, le froid venait de l'intérieur. Les visages étaient blêmes même les grandes gueules se taisaient.

Joël est sorti, a fait déplacer toutes les voitures pour l'hélico. Pas venu, il n'y en avait pas de dispo immédiatement alors les pompiers sont arrivés. Les minutes semblaient des heures, on avait froid même au soleil et rien ne bougeait, on nous disait qu'on ne pouvait pas le transporter. L'ambulance des pompiers est repartie à neuf heures, elle a traversé la cour à la vitesse d'un corbillard. Une demi-heure après on reprenait le boulot dans un silence mortel, les chaînes tournaient à plein régime mais seul le bruit des machines trouait le silence. Les flics sont arrivés, périmètre de sécurité, dessin sur le sol. J'avais vu en regagnant ma place, la sciure qui recouvrait la tâche pas très grande en fait, certains copeaux de sciure s'envolaient, rosés….

L'inspection du travail a débarqué, la médecine du travail aussi avec une cellule de crise et un toubib à disposition pour ceux qui voulaient parler mais personne ne voulait et d'ailleurs on était tous occupés à bosser sur des postes qu'on ne pouvait pas quitter. A midi le patron nous a rassemblés, il nous a dit qu'Alain avait été plongé dans un coma artificiel et que si Dieu…… Il fallait prier pour lui !

Comme c'était le weekend de Pâques nous avons repris le mardi, nous sommes arrivés sur le parking et on a vu la

Mercedes du patron. La cour habituellement dans la pénombre était éclairée par le gros projecteur, c'était encore pire que dans l'obscurité, on aurait dit un camp de concentration. On est entré, le patron était dans l'atelier, il a fait un long discours, Alain était un employé exemplaire, 38 ans, quinze ans dans la boîte, marié, il laissait une femme et deux jeunes enfants. Une minute de silence à sa mémoire………..

Il y aurait une quête et l'incinération aurait lieu samedi, bien entendu, on ne travaillerait pas ce samedi-là. J'ai vu des larmes dans les yeux de trois personnes, Joël, Franck et Virginie. Quand on est reparti sur notre chaîne, elle a fondu en larmes, moi j'avais l'impression d'avoir avalé un litre de glaçons et Michèle n'a pas causé pendant trois heures. Les autres, les purs et durs ne montraient rien. L'accident a fait la une du journal local et des faits divers, mais la boîte n'a même pas fermé et la saison a continué.

Le chemin de la liberté

On m'a formée et mise sur la nouvelle chaîne, pour remplacer les femmes de chef et les sous cheffes qui avaient le droit à quinze jours de vacances avant l'été, à tour de rôle. On a repris les 2 x 8 et j'ai retrouvé Michèle, la formule avait été rentable. Les sécurités étaient de nouveau enlevées sauf sur la nouvelle machine car elle ne démarrait pas si les sécurités n'étaient pas mises et cela me rassurait. Cet été-là un des gars avait eu le bras amoché, une nuit, alors que Boris avait monté la cadence pour rattraper le retard et la sous cheffe qui s'était moquée de moi après mon accident avait eu deux doigts aspirés sous une presse. Même Boris s'était blessé une nuit en réparant une machine, il était allé à l'hôpital, avait signé une décharge et à l'embauche, il était là et réparait tout d'une main, avec des fois la bouche pour le seconder ou un larbin. Fortiche le mec, c'est normal c'est un chef.

On a fini la grosse saison, je suis retournée sur les fonds de cagettes. Je ne bossais pas loin de la sous cheffe au venin, je l'appellerai SSSS, car elle me faisait penser au serpent, elle aussi avait la langue qui siffle…….. Je ne lui avais rien fait mais elle m'avait prise en grippe et quand elle me regardait, on lisait la méchanceté sur son visage. J'essayais de laisser couler mais elle me cherchait, elle faisait partie du noyau dur, une copine à Marie-Noëlle et je ne sais pas ce qu'elle racontait mais elle montait les autres contre moi. Un jour elle m'a demandé ce que je faisais là, je lui ai répondu que sans doute j'étais là pour la même raison qu'elle. Alors elle m'a dit de retourner d'où je venais car je n'avais pas une tête à bosser en usine. Ah bon, parce que en plus du CV et de l'expérience, il faut aussi la tête de l'emploi ? Cela devait être vrai, la sienne était déformée à force de vociférer. Elle avait essayé de me faire mal par deux fois alors qu'elle évidait les têtes de cagettes et que moi je les ramassais. Des fois Joël me mettait avec elle quand il y avait des absentes, elle s'arrangeait alors pour bloquer la chaîne quand je me retournais pour prendre le bois, après elle faisait signe aux autres que c'était de ma faute et que j'étais nulle. Même Marie-Noëlle avait changé vis-à-vis de moi, copinage oblige.

Je travaillais avec Michèle et à part ses petites sautes d'humeur de soupe au lait, elle me laissait tranquille. Avec nous il y avait Sylvie, une brave nana qui venait de signer au bout de trois ans dans la boîte et elle le regrettait car depuis on lui causait mal, même les chefs. Normal l'oiseau était dans la cage, plus besoin de l'apprivoiser. Je suis restée cette fois-ci jusqu'à l'hiver et il s'est mis à faire vraiment froid. Je ne connaissais pas vraiment l'hiver, là-bas, quand le bois est glacé et que les machines se coincent. On n'est pas nombreux, alors cela ne fait pas beaucoup de bruit.

Cette année-là fut l'année des accidents. Un matin, le bois était si froid que les machines peinaient, les planches ne descendaient pas dans les distributeurs parce que le givre gênait. Chaque matin je partais au boulot avec des épaisseurs de pulls sous le blouson, des collants sous le jean, deux paires de chaussettes dans les bottines spéciales pour le jardinage en hiver. Mais les mains, on ne pouvait rien pour elles. Ce jour-là, il faisait un froid de canard et il gelait dans l'entrepôt. A onze heures, une douleur vive me lance dans le poignet, j'essaie de continuer mais je n'arrivais plus à mettre le bois dans les distributeurs. Il fallait que je soutienne ma main et c'était de pire en pire mais comme il était midi moins le quart je termine la matinée en ayant très mal, je ne voyais rien sous les habits. Le midi, j'avais du mal à tenir ma fourchette, mon poignet était rouge, je mets une bande serrée et j'y retourne mais une douleur encore plus vive me déchire à nouveau le poignet. J'arrête, je pars chez le médecin. Sur mon poignet une petite grosseur et un trait rouge qui remonte vers l'avant-bras, le médecin m'annonce une rupture partielle du tendon. Refusé en accident du travail car il faut un événement soudain et là, on me dit que c'est une usure due à la répétition des gestes et peut être au froid donc pas un accident. Il fallait mettre des gants me dit-on, mais les gants sont interdits, madame, ils pourraient s'accrocher et nous entraîner dans la machine déjà que….

Un mois et demi d'arrêt, je reviens le poignet toujours bandé alors le chef, compatissant me met à un autre poste mais SSSSS m'a dans le collimateur. Elle, cet été ses doigts sont passés sous la presse pas écrabouillés mais presque, et elle est revenue, alors moi et mon tendon, elle rigole. Je n'y arrive pas très bien à ce nouveau poste alors Joël a la mauvaise idée de me mettre temporairement à sa place, SSSS voit rouge et lance à Joël :

– Elle, elle fait ce qu'elle veut ici et va où elle veut.

Il essaie de me défendre.

– Toi aussi tu vas où tu veux et elle est encore convalescente.

Mais elle gueule plus fort :

– Si elle est blessée, elle n'a qu'à rester chez elle !

Joël a voulu bien faire mais il ne m'a pas rendu service. J'ai rendu sa place à SSSS et j'ai testé un poste que je ne connaissais pas, la machine à imprimer les cotés en couleurs avec les dessins de légumes. Cela m'allait assez bien et je rentrais à la maison les doigts pleins de peinture. Mais je n'arrivais plus à supporter le froid, ni les réflexions de SSSS, mon corps était épuisé, mon cœur aussi et dans ma tête, une petite lanterne rouge clignotait sans s'arrêter.......

Mi-janvier, fin pour moi de cette troisième mission, comment avais-je tenu jusqu'à là ? Il restait du boulot juste pour le noyau dur, heureusement que je n'avais pas signé. Le cycle recommence, à peine quelques mois au chaud pour recharger les batteries mais cette fois-ci elles étaient vraiment à plat et pas qu'elles. Cet hiver-là, j'étais à ramasser à la petite cuillère.

Avril et les beaux jours arrivent.

– Dring, dring, dring

– ....

– Dring, dring, dring

– ………………..

Le téléphone sonne et il sonne encore !

Epilogue

Cette histoire est malheureusement vraie et cette station m'a paru un arrêt interminable sur mon trajet de vie. Ce fut pour moi la gare où j'ai attendu trop longtemps sous la pluie sans parapluie et où je me suis faite trempé jusqu'aux os. Elle m'avait bien prévenue la fille de l'agence, personne ne voulait y aller ! C'était une scierie, on ne fabriquait que des cagettes, mais des milliers à la journée, si la cour était aussi grande c'était pour permettre le trafic des camions avec double remorque qui emmenaient les cagettes ou amenaient les troncs d'arbres entiers.

Elle avait été rachetée, il y a deux ans et Joël avait été embauché pour la faire remonter, tous les autres étaient là depuis longtemps. Le travail sur les distributeurs en doublette consistait à prendre des poignées de planchettes, les tapoter le plus vite possible sur une tablette pour en faire des petits paquets comme des liasses de billets afin qu'ils puissent rentrer et glisser correctement dans les distributeurs. D'où les tendinites et tendons qui lâchent. Il fallait aller vite et travailler au « Rythme de la cadence », toujours avoir un œil sur la chaîne et donc se retourner pour prendre le bois mais chacune son tour et en cadence. De loin cela doit ressembler à une étrange danse. Ce fut le boulot le plus dur que j'ai fait et je respecte les gens qui travaillaient là-bas. Cela m'a fait mal de voir qu'en fait à quel point une pauvre vie peut rendre les gens hargneux voire pour certains les déshumaniser. Certains étaient carrément méchants, Franck fut la seule personne vraiment gentille que j'ai rencontrée sur ce site industriel. La première année, je ne le connaissais pas car il y avait deux hangars, donc deux chaînes et lui et SSSS travaillaient dans un autre que moi. Pour cause de vétusté, cette chaîne a fermé et on s'est regroupé.

Après avoir lu ceci, j'espère que vous regarderez différemment les cagettes au super marché et que lorsque vous croiserez ces doubles camions de cagettes sur les routes, vous repenserez peut-être à cette histoire et aux tristes boulots qu'il existe sur cette terre. Pas besoin d'aller dans les pays sous-développés pour approcher l'enfer du travail.

Cette histoire aurait pu s'appeler :

Jusqu'à quel prix était-on prêt à payer sa vie ?

Sur la voie que nous suivons certains aiguillages ne nous apparaissent pas de suite logiques car il faut parfois du temps, beaucoup de temps pour comprendre ce qui nous y a menés. Alors il faut suivre notre trajet, admettre les choses et les escales du voyage même si elles semblent absurdes et fantasques et même si quand on les vit on se sent perdu.

Une certaine vérité soulève son voile

Ce tronçon de vie a commencé il y a longtemps et un homme en est à l'origine. Il faut retourner au printemps 1986 et revenir à Angel mon apprenti-sorcier aux îles Canaries, celui qui avait commencé à coudre mon « carcan » quand je l'ai quitté. Et il faut repenser aussi « au fil à la patte » que j'ai ressenti quand j'ai quitté la Jamaïque en mai 1987 en ayant l'impression d'être liée à elle pour toujours. Ces deux épisodes ont eu lieu dans un laps de temps de douze mois dans des pays différents mais je crois qu'ils sont liés dans un enchevêtrement qui me dépasse et qu'ils se sont rejoints afin de mieux parfaire la combinaison qui allait m'emprisonner pendant presque vingt ans. Un linceul ? Non ! Juste une camisole qu'il fallait découdre. Encore fallait-il trouver le bon couturier.

Pendant les vingt années qui ont suivi j'ai continué mon chemin avec ses hauts et ses bas, un peu comme tout le monde avec peut-être plus de bas que de hauts Mais comme j'ai un tempérament de battante, je persévérais. A chaque galère je me disais : « C'est une autre épreuve mais la vie va bien finir par me sourire un jour ». Mais mon mordant dans l'optimisme faiblissait car j'avais tendance à accumuler les malchances. Quand je commençais à entrevoir le bonheur, pfffffft à peine le temps qu'il pose les pieds dans ma vie, il prenait déjà la poudre d'escampette. Il me semblait que si la malchance n'était pas ma meilleure amie, elle était quand même une bonne copine. Mais n'attire-t-on pas ce que l'on dégage ? Je n'étais peut être pas encore prête pour le bonheur.

J'ai cru à mon heure de chance en 2005 quand mon père est décédé. J'ai alors hérité d'une belle somme d'argent, j'ai acheté une franchise dans le monde de la beauté et j'ai investi 40 000 euros dans mon magasin. J'étais pleine d'espoir mais rien ne se passait comme prévu. J'étais en proie à des tracas incessants et récurrents. Tout mon équipement était neuf mais beaucoup de choses tombaient en panne. Mes courriers se perdaient, on m'avait immatriculée deux fois à la chambre de commerce donc on me réclamait toutes les charges en double. La sonorisation tombait souvent en panne et quand je faisais venir les techniciens, tout marchait normalement. On commençait à me regarder de travers comme si j'étais dérangée. J'étais en plein désarroi, la malchance me semblait ma seconde peau. Un jour une de mes employées me regarde en souriant.

– Madame, vous devriez porter une patte de lapin dans votre sac à main.

Je voulais encore croire à ma réussite sans savoir que faire ni à quel saint me vouer alors j'essayais de me raisonner mais franchement je me sentais perdue.

La goutte qui fit déborder le vase et l'évènement qui me fit réfléchir fut quand j'ai aperçu ce jeune homme. Il est arrivé un après-midi du centre-ville, une fois sur la place, il a regardé dans la direction de mon magasin, il ne pouvait pas me voir car j'étais dans le contrejour. Soudain il s'est arrêté, a levé la tête, s'est signé et a accéléré le pas. Je ne suis ni croyante ni superstitieuse, je ne sais pas ce qu'il a vu mais moi je me suis dit à ce moment-là qu'il y avait vraiment quelque chose qui ne tournait pas rond dans ma vie. Tout partait en vrille, mon entreprise marchait de plus en plus mal. J'ai essayé en vain de vendre puis je me suis déclarée en liquidation judiciaire au bout d'un an. J'ai perdu tout ce que j'avais investi et j'en suis ressortie criblée de dettes. Le comble a été quand mon propriétaire, un homme d'affaires peu scrupuleux, s'est associé avec ma responsable de magasin. Ils ont attendu le délai légal d'expiration pour la vente, il lui a prêté de l'argent pour qu'elle ne passe pas en banque. Résultat de leur association, elle a récupéré mon entreprise pour presque rien et lui gratuitement son local où j'avais fait 35 000 euros d'aménagement.

Bien sûr un tel concours de circonstances peut arriver à tout le monde mais il y a des choses que l'on devine et quand le point de non-retour montre son nez, on le sent, c'est inexplicable. Cette fois-ci mon optimisme avait disparu et j'ai eu du mal à redresser la barre. Ma croyance en la vie s'amenuisait, j'étais au bord de l'abîme et je regardais le fond me demandant quel serait l'évènement qui allait m'y précipiter. Je sentais le gouffre du désespoir s'entrouvrir sous mes pieds. Afin d'éviter le regard des autres, des voisins, de mes clientes, du facteur qui amenait un tas de recommandés, je suis partie me mettre au vert dans une petite ville à vingt kilomètres de là. Je n'avais qu'une envie me cacher ou rentrer sous terre.

La banque me harcelait mais que pouvait-elle me prendre ? Je leur ai écrit que oui, je leur devais de l'argent, beaucoup d'argent mais que je ne possédais plus rien, pas de maison, juste une voiture d'occasion et je n'avais plus de travail et plus d'économies puisque j'avais tout investi dans mon projet. Alors je reconnaissais ma dette mais je demandais un arrangement : rembourser tous les mois volontairement une somme que je savais bien ridicule au vu de ce que je leur devais pendant trois ans et demander l'effacement de ma dette au terme. C'était un conseil du liquidateur de justice qui avait bien senti ma détresse et je l'en remercierai toute ma vie.

D'abord ils ont fait la sourde oreille alors j'ai fini par téléphoner et ils m'ont pratiquement ri au nez en me demandant si je croyais au Père Noël pour penser que la banque allait s'asseoir sur un solde de prêt de 67 000 euros. Je les ai relancés par courrier, ils ont d'abord accepté ma proposition de remboursement en notant la preuve de ma bonne volonté mais en demandant un réexamen au bout de 3 ans. J'ai refusé en disant que c'était la condition de l'effacement de la dette au bout de trois ans ou rien. Dans la lettre j'avais aussi stipulé que je ne pouvais pas faire mieux et que la dépression voire plus me guettaient alors cela a dû les faire réfléchir. Soit ils récupéraient cette somme, quelques milliers d'euros, soit ils risquaient de tout perdre car ils n'avaient pas de prise financière sur moi.

Quelques semaines plus tard qui m'ont semblé une éternité, j'ai reçu une lettre du siège de la banque disant qu'au vu de ma situation professionnelle, personnelle et familiale, ils acceptaient cet arrangement. J'avais du mal à croire les mots qui défilaient devant mes yeux parce que je pleurais. Je n'en revenais pas qu'ils aient accepté

La gare de la délivrance

J'avais retrouvé un travail et je remontais doucement et laborieusement la pente. Un an plus tard, en 2008, j'ai lu un article dans le journal régional sur un homme qui s'occupait des animaux en souffrance qu'il soignait de ses mains. J'allais mieux mais j'étais encore fragile, je sentais que j'avais besoin d'aide et je n'avais pas grand-chose à perdre alors je lui ai écrit pour savoir s'il s'occupait aussi des humains.

Il m'a demandé d'aller le voir, nous avons peu parlé, je lui ai dit que j'avais l'impression d'avoir un poids trop lourd sur mes épaules depuis des années alors il a apposé ses mains sur moi à plusieurs reprises et m'a laissée repartir après m'avoir demandé une photo. Trois semaines plus tard, il m'a recontactée et m'a proposé de travailler ensemble. Il m'a dit aussi de bien réfléchir, parce qu'il pouvait m'aider mais que ce ne serait ni facile ni gratuit. Bien sûr j'hésitais après tout ce qui m'était arrivé, j'avais peur de tomber sur un charlatan, mais je me disais que si le hasard l'avait mis sur ma voie, c'était peut-être pour une fois un bon signe.

En sortant de chez lui, la première fois j'ai ressenti une douleur vive et fugace à la tête, j'ai porté la main à mon front, c'était comme si quelque chose me transperçait le front. Cela m'a interpellée car je n'ai jamais mal à la tête. J'ai finalement décidé de lui faire confiance, ses honoraires étaient raisonnables, on s'est arrangé financièrement car je remboursais déjà la banque tous les mois.

On s'est revu régulièrement, ses séances se déroulaient généralement dans le silence. Mais un jour il était assis derrière son bureau, me regardait et semblait attendre sans se décider à se lever. A un moment il me demande :

— Avez-vous parfois la sensation de ne plus contrôler votre corps ?

— ………………

– Vous savez, je peux tout entendre.

– ………………

Il ajoute enfin :

– Si vous voulez que je vous aide, il faut tout me dire.

Nouveau silence. Je le regardais à mon tour sans parler. C'était vraiment la question la plus déroutante qu'il m'ait posée et franchement j'aurais préféré qu'il ne me la pose pas. Mais j'étais allée le chercher alors je lui devais la vérité. Je lui ai donc raconté ces deux fois où je m'étais réveillée avec des marques sur le corps. La première remontait à plusieurs années, un matin au réveil, j'avais un gros bleu sur la cuisse et au centre il y avait un cercle de la taille d'un verre où la chair était indemne et je n'avais pas de souvenirs de ce qu'il s'était passé. La seconde fois était quand j'avais l'institut, ce matin-là j'avais un hématome sur tout l'extérieur de la cuisse avec une marque centrale rouge comme si quelque chose m'avait percutée. J'aurais dû consulter d'après mon esthéticienne à qui j'avais montré ce bleu mais je ne pouvais pas aller voir quelqu'un puisque j'étais incapable de dire ce qui s'était passé. Comment raconter à un médecin que l'on s'est blessé sans sortir de son lit ou alors j'étais peut être devenue somnambule ?

Je lui ai parlé aussi de la Jamaïque. Je ne l'avais pas fait jusqu'à maintenant pour ne pas influencer son jugement. Il m'a fait revenir à plusieurs reprises à son cabinet, environ une fois toutes les deux semaines. A chacune de mes visites il apposait ses mains en silence sur moi et attendait les yeux fermés, il parlait très peu et travaillait seul de son côté. Presque toujours, en sortant de chez lui, je ressentais les mêmes douleurs au front, vives, courtes et elles devenaient plus fréquentes donc elles avaient un rapport avec lui et nos séances. Je les ressentais maintenant même quand je n'y allais pas. Je faisais aussi des rêves où je me voyais au-dessus de mon corps. Une nuit je m'étais réveillée en pleurant parce qu'on cinglait mon corps avec des jets puissants de sable. Est-ce que j'étais en train de perdre la raison ? Il m'a dit que tout cela n'était pas bon.

Quelques semaines plus tard, il m'a demandé s'il pouvait venir chez moi pour protéger ma maison. Je m'en souviens très bien, c'était en hiver. Il a fait sa séance, a apposé ses mains à plusieurs reprises sur moi et m'a dit qu'après son départ, je pourrais ressentir des choses. En effet, peu après qu'il soit parti, j'ai commencé à avoir froid alors j'ai allumé la cheminée mais rien n'y faisait. Même assise devant le feu, j'avais froid et on aurait dit qu'il venait de moi alors j'ai repensé au froid que j'avais ressenti à La Jamaïque. Cette fois-ci, il a duré deux jours.

Nous nous sommes revus un mois plus tard, il m'a annoncé que son travail était terminé et que tout était fini. Selon lui, il y avait plusieurs choses et plusieurs personnes, une première (sans doute Angel) avait amorcé quelque chose que quelqu'un d'autre en Jamaïque avait continué. Il m'a fallu vingt ans pour deviner ce qui se tramait et lui, il lui a fallu quatre mois pour détricoter ce qui m'emprisonnait.

Mais pourquoi moi ? Que se serait-il passé si je n'étais jamais allée le voir ? Peut-être rien, peut-être aurais-je cédé au désarroi qui me guettait ou mis fin à mes jours permettant ainsi à ceux qui m'attendaient d'obtenir ce qu'ils voulaient. Mais que voulaient-ils exactement ? Qui étaient-ils ?

En voyageant dans certains pays, on ne peut pas nier qu'il existe des choses qui dépassent notre entendement. Les gens qui veulent faire le mal comme les sorts existent mais dans quel but ? Le domaine de ces phénomènes est trop vaste et trop complexe pour être exploré ici. Je ne saurai jamais ce que ces gens voulaient ni pourquoi ils ont essayé de me faire du mal (sauf Angel pour qui c'était une vengeance). Il n'est pas facile de parler de ce genre de choses et surtout, c'est difficile à croire tant que l'on n'y a pas été confronté alors heureux celui qui ne le rencontre pas sur son chemin. Je ne cherche à convaincre personne, je vous raconte mon histoire et ce que j'ai ressenti.

Dans notre grand voyage, il y a des gares secondaires où le train a fait juste un bref arrêt sans laisser monter de passagers mais dont on se souvient très bien.

* *Chute sur la voie*

Un soir de l'été de mes 17 ans j'ai goûté l'eau froide, poisseuse et boueuse du canal des Moëres à Dunkerque pour un bain improvisé. Mais quand on est jeune, on est intrépide et on a l'audace de ses jeunes années alors on se moque de braver les interdits comme celui de traverser le canal sur des poutrelles en acier qui font usage de passerelle pour les vélos et vélomoteurs. Ce soir-là, pressée de rentrer car je devais partir le lendemain matin travailler comme monitrice dans une colonie de vacances, j'ai emprunté ce raccourci. Mais comme il est laborieux d'emprunter la passerelle qui enjambe les portes de l'écluse à cause des marches à chaque extrémité et qu'un vélomoteur c'est lourd, les jeunes préféraient passer à côté sur les poutrelles en métal qui bordent la passerelle. Il y en avait quatre juxtaposées sans doute mises là pour pouvoir avoir accès aux portes de l'écluse pour manutention quand elles sont ouvertes pour la marée. Je prenais ce chemin pour rentrer chez moi presque tous les soirs m'évitant ainsi un long détour pour passer par l'autre pont à presque un kilomètre de là.

Mais ce soir-là, après être montée sur les poutrelles mon solex à la main, j'ai eu un vertige et je suis tombée. Lorsque j'ai repris conscience, j'étais au fond du canal en train de boire la tasse, un affreux goût de vase dans la bouche. Paniquée et suffocante j'ai réussi d'un coup de pied à me dégager et à remonter à la surface. Mais j'étais sonnée et au lieu de remonter sur le parapet derrière moi, j'ai traversé le canal à la nage pour grimper sur l'autre versant m'obligeant alors à repasser sur l'écluse à pied. J'ai ensuite couru jusqu'à chez moi, il y avait encore un bon bout de chemin, c'était la tombée de la nuit et je n'ai croisé personne.

Mes parents étant absents, c'est ma grand-mère qui m'a ouvert la porte et sans doute à cause de sa mauvaise vue, de mes habits mouillés, des lentilles d'eau accrochées à mes cheveux vaseux, je devais ressembler à une morte-vivante et j'ai dû lui faire peur. Elle criait, ne me reconnaissait pas et ne voulait pas me laisser entrer. Je l'entendais dire : « Françoise c'est toi ? Mais qu'est-ce que tu as fait ? Pourquoi tu sens aussi mauvais ? » Dans ma tête, le son était coupé, j'étais incapable de parler et je pensais : « Pousse-toi mémé, Bon Dieu laisse-moi passer ! » alors je l'ai écartée et je me suis précipitée à la salle de bain pour prendre une douche et retrouver mes esprits puis j'ai expliqué à ma mémé ce qu'il m'était arrivé.

Je n'avais plus de solex, j'avais dû avoir un vertige lorsque je traversais sur les poutrelles et j'étais tombée dans l'écluse avec mon vélomoteur. Ma jambe avait dû heurter la poutrelle ou mon solex dans ma chute et j'avais les chairs meurtries sur le devant mais je n'avais pas le temps de m'en occuper. Ma grande sœur travaillant dans les assurances c'est elle qui s'en chargerait. En fait cet endroit était aussi un cimetière pour carcasses volées et il parait que les pompiers en ont retiré un certain nombre avant de tomber sur le mien. Ils ont dit aussi que j'avais eu de la chance que les vannes de l'écluse ne fonctionnent pas à ce moment-là, sinon fini le grand voyage.

Je suis partie comme prévu le lendemain et ce ne fut que quelques jours plus tard, ne pouvant plus marcher que j'ai dû me faire poser un drain. J'avais tout gagné, j'ai continué à m'occuper des enfants pour ne pas mettre les autres encadrants en difficulté mais je ne pouvais faire que des activités en intérieur et avec des petits en plein mois de juillet ce n'était pas terrible. Alors j'ai recommencé à marcher trop tôt et je suis restée avec une cicatrice et une petite poche de liquide non résorbée. Pas très esthétique mais pour le garçon manqué que j'étais cela n'avait pas beaucoup d'importance. Je l'ai regretté bien sûr mais à 17 ans je n'avais pas de temps à perdre et puis c'était trop tard, j'étais déjà remontée dans le train vers de nouvelles destinations. Je n'ai découvert que bien plus tard que depuis ce jour j'avais le vertige et cette peur panique du vide ne m'a plus jamais quittée.

**La gare de l'oubli*

Une autre gare très douloureuse et très difficile à comprendre pour moi est celle de la mort de mon frère. Mon ainé de quatre ans, il était ce que l'on appelle « une tête brûlée ». Enfant ingérable à l'école, il ne voulait pas se plier aux règles alors on l'a envoyé dans un internat privé pour le remettre sur les rails mais qu'a t-il vécu là-bas ? Personne ne le sait vraiment ou ceux qui le savent ne sont plus là pour le raconter. On a voulu le brider, le briser et le remettre dans le droit chemin mais cela n'a pas marché et a peut-être même décuplé le mauvais côté qu'il avait en lui.

A 17 ans Philippe s'est engagé, cela a fait le bonheur de mes parents. Comme il était fier dans son uniforme, même moi j'étais impressionnée mais il a été fugace ce bonheur car il a rapidement été recherché pour désertion. J'étais trop jeune pour tout comprendre mais je sais que mes grands-parents ont payé beaucoup d'argent pour qu'il ne soit pas poursuivi. On racontait qu'il s'était sauvé avec la solde. Ensuite, mon frère a été adepte d'une secte dans les Alpes-Maritimes. Comme on lui avait confisqué ses papiers à son arrivée, au bout de plusieurs mois il a voulu partir et s'est enfui pour revenir dans le Nord. Moi et ma sœur on a vu alors des gens que nous ne connaissions pas débarquer dans notre région et se mettre à nous surveiller alors que nous étions de jeunes ados. Une R5 immatriculée en 06 nous suivait et on avait peur. Ma mère inquiète a fouillé et a découvert des documents et pas mal d'argent caché dans la doublure d'un manteau qu'il portait quand il est revenu. Sans doute ne le savait-il pas, elle ne lui a rien dit mais elle a renvoyé le tout à la communauté et ceux qui nous suivaient ont alors disparu.

Philippe a continué son chemin de vie chaotique. Il s'est marié une première fois, faisant le bonheur de mes parents mais il a disparu du jour au lendemain, après avoir abandonné sa femme. Un matin il est parti travailler mais n'est jamais rentré, il avait rencontré une autre femme et l'avait suivie. Il n'a pas donné de nouvelles pendant des années, Cathy a sombré dans la dépression et le mariage a été dissout car personne ne savait où il était. Un jour l'enfant terrible a refait surface, il s'est installé avec une autre femme, s'est de nouveau marié et a eu un enfant.

Quand il s'assagissait mes parents croyaient en lui et espéraient enfin trouver la tranquillité. Le fils turbulent paraissait enfin s'être calmé mais à chaque fois, c'était l'accalmie avant la déferlante. Il a emprunté de l'argent sous différents prétextes, acheter une voiture, louer un appartement, ouvrir un commerce ambulant, il semblait à chaque fois heureux mais le bonheur ne semblait pas fait pour lui. Il a commencé à boire, à dilapider l'argent du commerce, à tromper sa femme et elle l'a quitté alors nouvelle fuite en avant, il a de nouveau disparu.

Mon frère refaisait surface de temps à autre mais mes parents n'étaient plus dupes et ne pouvaient ni ne voulaient plus essayer de le ramener à la raison alors il a vogué de cure en cure et de femme en femme. Après le décès de sa dernière compagne il est sorti définitivement de nos vies. La famille de cette dernière l'avait mis dehors et on n'a plus rien su de lui.

Toute sa vie mon frère a suivi son instinct et les femmes qui lui plaisaient, il savait plaire mais il était instable et immature. Je crois qu'il ne s'est jamais senti à sa place. On aurait dit qu'il jouait à cache-cache avec la vie, comme la vie jouait à cache- cache avec lui.

On n'a jamais su ce qu'il était devenu avant le coup de fil de la gendarmerie. On a appris qu'il avait fini sa vie SDF dans une petite ville de Belgique à la frontière française où il a vécu pendant des années et nous n'en avons jamais rien su. J'ignore combien de temps il est resté ainsi à vivre dans la rue mais il était connu des services de police. Philippe est mort dans la rue le 22 décembre de l'hiver 2007 où il a fait si froid, il avait 53 ans. Des inconnus l'ont trouvé un matin sous ses cartons, il était vivant mais son cœur n'a pas résisté, il n'a pas survécu, nous si !

Ce fut une terrible épreuve pour moi d'accepter sa mort dans ces conditions. Mon grand frère n'était pas un ange, cela je le savais déjà mais j'ai appris beaucoup plus tard qu'il avait fait encore d'autres choses non recommandables mais je ne ferai pas son procès ici car je crois que la vie s'en est chargée. Salir sa mémoire ne me soulagerait pas car la vengeance n'est qu'une voie de garage sur laquelle on peut se perdre ou rester coincé alors il vaut mieux reprendre le chemin et remonter dans le train car le terminus n'était pas ici et mon trajet devait encore continuer.

*** La gare où j'ai eu vraiment très chaud*

Je vivais seule avec Robin depuis ma séparation, cela faisait deux ans. N'ayant pas beaucoup d'argent pour me meubler, une copine m'avait donné une gazinière, j'étais contente car j'avais enfin un four. Nous étions fin janvier, j'avais invité Christine chez qui j'allais faire mes breaks lors de ma période trouble quand j'étais en couple. J'avais préparé des maquereaux au four, j'ai voulu surveiller la cuisson au bout de dix minutes et lorsque j'ai ouvert la porte du four : boom ! Je me suis retrouvée projetée en arrière. Tout est allé alors très vite, je ne voyais plus rien mais j'ai couru comme je le pouvais jusqu'à la salle de bain pour m'asperger le visage d'eau froide pendant de longues minutes. Sur le coup je n'ai rien compris à ce qui s'"était passé et heureusement que Chris est arrivée à ce moment-là et a pu appeler les secours.

Voilà la recette de mon lifting magique mais je ne vous la conseille pas car si elle est très efficace elle est aussi très difficile à doser. Deux beaux maquereaux, un bol de riz et une petite cuisson au gaz et surtout une bonne copine pour veiller sur vous. Les poissons cuisaient au four à 180 degrés et j'avais mis une casserole sur le gaz avec de l'eau pour cuire le riz. Jusqu'à là tout allait bien mais lorsque je me suis penchée et que j'ai ouvert la porte du four pour surveiller la cuisson, le gaz qui avait dû s'éteindre avec les projections de graisse s'est échappé et la poche retenue s'est enflammée avec le feu où cuisait le riz. Je me suis retrouvée par terre à un mètre de la gazinière.

J'ai eu beaucoup de chance car j'aurai pu être défigurée. Cela a été à un cheveu près c'est le cas de le dire puisque j'ai perdu toute ma frange, mes cils, mes sourcils et j'ai été brulée au visage partiellement au second degré. J'ai mangé à la paille pendant quinze jours et je ne suis sortie qu'au bout de trois semaines avec une peau toute neuve et bien rose qui me tiraillait tellement que j'avais du mal à parler et à sourire. J'ai eu la main brûlée aussi et j'ai appris que nos paupières mêmes fines sont de véritables persiennes, je n'ai rien eu aux yeux sauf qu'ils sont restés collés plusieurs jours comme avec une conjonctivite. J'ai eu de la chance de ne pas avoir de cicatrices non plus mais c'est parce que j'ai été bien soignée.

Muriel aussi est venue me voir et m'a offert un petit cadeau. Il s'agissait d'un article de magazine qu'elle avait découpé : l'horoscope du mois de janvier qui annonçait la tendance pour l'année. Celui du lion disait que 1996 allait être l'occasion d'un nouveau départ, que j'allais faire table rase sur le passé et peau neuve sur l'avenir. Qui l'eût cru ?

C'est vrai, j'allais très prochainement rencontrer Philippe, mon futur mari, qui partage ma vie depuis 27 ans pour le meilleur et le pire a dit Madame Le Maire ; le pire nous a épargnés jusqu'à ce jour et j'espère qu'il restera loin de nous encore longtemps. En tout cas je me suis offerte un beau peeling à peu de frais. La copine qui m'avait donné la gazinière a été dans tous ses états quand elle a appris l'accident mais ce n'était pas de sa faute. Une fois que la poche de gaz s'était enflammée, la cuisinière fonctionnait normalement et la cuisson des maquereaux avait repris sauf que nous n'avions plus très faim et qu'il n'y avait plus personne pour les manger. Depuis ce jour je n'utilise plus que des fours électriques quant à ces messieurs, je les préfère en boîte.

Nous voici donc arrivés à la dernière gare de mon récit mais pas au terminus de mon voyage. C'étaient quelques étapes de mon chemin de vie et j'espère qu'il se poursuivra encore un certain temps avec plus de clémence de la part du destin.

Merci d'avoir partagé avec moi ce voyage tumultueux.